ars vivendi®

ANDREAS SÉCHÉ

Zwitschernde Fische

ARS VIVENDI

Originalausgabe

1. Auflage Januar 2012

www.arsvivendi.com

Lektorat: Dr. Felicitas Igel
Satz: Annina Himpel
Umschlaggestaltung: Philipp Starke
Druck: fgb, Freiburg
Printed in Germany

ISBN 978-3-86913-106-1

ZWITSCHERNDE FISCHE

Du öffnest ein Buch,
das Buch öffnet dich.
Aus China

Für Katrin,
die in meine Geschichte sprang

Erster Teil
Lio

Athen, heute

Ausgerechnet im Buchladen fing er Feuer. Und so hatte er seine wundersamsten Erlebnisse an einem Ort, wo manche das Abenteuer gar nicht erst suchten, obwohl er doch voll davon war.

Natürlich wollte er eigentlich ein Buch kaufen oder vielleicht sogar zwei. Stattdessen entdeckte er ein neues, schwindelerregendes Kapitel seiner eigenen Lebensgeschichte. Dort, wo er sich todesmutig einem weiteren Roman hatte stellen wollen, zog ihn etwas noch viel Aufregenderes in den Bann, und es war von so betörendem Zauber, dass er es kurzerhand für Liebe hielt.

Das soll nicht heißen, dass Bücher und Liebe sich ausschließen und man sich immer für eines von beidem entscheiden muss. Zwar darf man, wenn man ein Buch kauft, deshalb nicht auch gleich die Liebe der Buchhändlerin erwarten. Wenn man sich aber in eine Buchhändlerin verliebt, bekommt man, wenn alles gut geht, auch die Bücher dazu. Manchmal allerdings geht das Leben sehr wunderliche Wege, und dann ist die Art von Liebe, der man in einem Buchladen begegnet, von ganz anderer und noch viel märchenhafterer Natur. Aber davon ahnte der Mann natürlich noch nichts.

An diesem Morgen war er besonders früh aufgestanden. Denn immer, wenn er ein Buch kaufen wollte, machte er daraus eine kleine Zeremonie. Ein gutes Buch, dachte der Mann, hat es einfach verdient, dass man den Tag, an dem man es in seiner Büchersammlung willkommen hieß, mit einem üppigen Frühstück beginnt. Bücher und Frühstück, das war nicht nur beides Nahrung, das war auch der leidenschaftliche Beweis dafür, dass man noch genießen konnte. Und Lesen ist ja nichts anderes als Essen mit den Augen. Dass nicht jedes Buch den Hunger stillt, ist eine andere Sache.

Wenn der Mann zu Hause irgendein Buch aus seinem Regal zog, konnte er dazu stets auch eine Frühstücksgeschichte erzählen. »Das war das Frühstück mit den Kirschen und der Ananas«, sagte er dann vielleicht, wenn er *Krieg und Frieden* hervorzog. Oder: »*Die Liebe in den Zeiten der Cholera*, das hab ich im Herbst gekauft, denn ich erinnere mich an das Maronenfrühstück.« An dem Tag, als er losgezogen war, um *Der Alchimist* zu kaufen, hatte er vorher sogar spanische Oliven und Schafskäse besorgt, nachdem er in einer Literaturkritik gelesen hatte, dass das Buch von einem andalusischen Schäfer handelte. Doch meistens wusste er vorher noch nicht, welchen Roman er kaufen würde. Und schon gar nicht, was für Geschichten ihn darin erwarteten.

Auch an diesem Morgen hatte der Mann gefrühstückt wie ein König. Wie ein König frühstücken bedeutet nicht zwangsläufig, dass man *viel* isst, außer vielleicht in Amerika. Man muss nur *intensiv* essen. Diesmal waren das frische Brötchen, Äpfel und Pflaumen aus dem Garten, Salami aus Ungarn mit Basilikum, Saft aus Orangen und Kaffee mit Milch. Danach war der Mann aus dem Schlafanzug geschlüpft und hatte sich für eine Stunde in die Badewanne gelegt, sich mit geschlossenen Augen ausgemalt, welches Buch er wohl kaufen würde, sich dann ordentlich frisiert und das Gesicht nass rasiert. Für das neue Buch wollte er gut aussehen.

Um die Sache noch etwas hinauszuzögern, hatte der Mann auf dem Weg zum Buchladen seinen rituellen Umweg gemacht. Er war durch den Stadtpark spaziert, wo er eine Weile ein Kaninchen von unscheinbarer Farbe beobachtet hatte, das gelangweilt im Gras kauerte und widerstandslos den Rest seines möglicherweise freudlosen Lebens erwartete. Danach hatte er noch mit einer älteren Frau geplaudert und ein paar junge Mütter mit ihren Babys beobachtet. Der Mann war einunddreißig, da dachte man schon mal versuchsweise über Babys nach.

Aber um eine Familie zu gründen, fehlte ihm noch die richtige Frau, und darum hatte er sich eine Weile auf eine alte Parkbank aus schneeweißem Granit gesetzt und sich vorgestellt, er würde dort gerade auf die größte Veränderung seines Lebens warten, und in wenigen Minuten stünde die Veränderung vor ihm und fragte ihn mit gerötetem Gesicht, ob er Yannis sei. Sie könnte vielleicht nach frischem Kaffee riechen, weil sie bis eben noch in dem kleinen Café in der Nähe des Parks gearbeitet hatte, wo er ihr eine Blüte und eine Art Schatzkarte, die sie zu dieser Bank führte, in eine leere Tasse hatte schmuggeln können. In diesem Café gab es Teetassen, die wie Blütenkelche geformt waren, wie kleine zeitbefreite Geschichten, die niemals verwelken würden. Und vielleicht wäre die Kellnerin so müde von der Arbeit, dass sie gleich auf dieser Parkbank ihren Kopf in seinen Schoß legen und sich ausruhen würde.

Aber das waren natürlich nur Gedankenreisen, denn obwohl diese Kellnerin ihn schon ein paar Mal angelächelt hatte (was gut war), stürzte ihn die Frage, ob die Leidenschaft hinter ihrem Lächeln verliebter oder beruflicher Natur war, in stürmische Verwirrung (was nicht so gut war). Außerdem gehörte zum Fundus des Cafés noch dieser unausstehlich gutaussehende Gitarrenspieler mit dem langen Haarzopf, der ebenfalls an der Kellnerin interessiert zu sein schien und jeden Konkurrenten mit dem Klang seines Instruments an die Wand spielte, damit niemand auf die Idee kam, sich in die falsche Geschichte einzumischen. Also hatte Yannis sich schließlich auf den Weg gemacht, denn eigentlich wollte er ja nicht träumen, sondern ein Buch kaufen (oder vielleicht sogar zwei). Obwohl Träumen und Lesen zweifellos gewisse Berührungspunkte hatten.

Unter dem Arm trug er einen kleinen Sack, den man oben mit einer Kordel zuziehen konnte und der vielleicht früher einmal als Nikolaussack für Süßigkeiten gedient hatte oder als Seesack für besonders kleine Matrosen. Wofür genau der Sack einst gedacht gewesen war, wusste Yannis nicht, und genau deshalb hatte er ihn vor vielen Jahren auf einem Trödelmarkt gekauft: als einen Sack, der eine verborgene Geschichte in sich barg. Seitdem nahm er ihn immer zum Bücherkaufen mit. Erstens hätte man gut und gerne zwanzig Bücher hineinpacken können (und diese Vorstellung tröstete Yannis über eine Wirklichkeit hinweg, in der man eigentlich keine zwanzig Bücher auf einmal kauft). Und zweitens liebte er es, wenn eine Verkäuferin ein Buch in eine Papiertüte hüllte und er dann das Buch samt Tüte in den Sack stecken konnte – zu Hause verlängerte das die Zeremonie des Auspackens. Das war dann fast, als ob man ein Geheimnis lüftete. Wie ein Magier, der aus einem Zylinder einen weiteren Zylinder hervorzaubert und erst daraus das weiße Kaninchen.

Yannis fand überhaupt, dass die Welt manchmal ziemlich magisch sein konnte.

Während er den Stadtpark verließ, dachte er, dass Bücher auch wie Zylinder voller Mysterien waren, und sein Traum war, eines Tages vielleicht selbst eine Geschichte zum Leben zu erwecken, Kapitel für Kapitel und Gedanke für Gedanke, und dann würde irgendwann eine richtige kleine Welt vor ihm liegen, von ihm gestaltet und mit liebevollen Details versehen, und er würde den Leser durch spannende Episoden führen und durch traurige Ereignisse, durch romantische Liebesgeschichten, verwegene Abenteuer und verschlungene Begebenheiten. Und natürlich würde der Held mutig seine Angebetete erobern und keine Schüchternheit kennen. Und wenn, dann nicht, wenn es darauf ankam. Und wenn, dann nur ein bisschen.

Plötzlich blieb Yannis wie angewurzelt stehen. Wo war er? Während er vor sich hingeträumt hatte, musste er irgendwie vom Weg abgekommen sein. Er stand in einer schmalen, menschenleeren Gasse, die er nie zuvor bemerkt hatte und die wie sein Büchersack allerlei Mysterien zu bergen schien. Seltsam, eigentlich kannte er die Gegend in- und auswendig. Er war sicher nur einmal falsch abgebogen, und schon stand er auf einem lauschigen Weg mit gemütlich wirkenden kleinen Häusern, knorrigen Bäumen, zwitschernden Vögeln – und einem alten Buchladen, der offenbar in dieser winzigen Gasse vor der Großstadt in Deckung gegangen war. Das gefiel Yannis. Bücher brauchten nicht unbedingt eine Hauptstraße, Bücher brauchten Leser. Ein paar Ladenbesitzer fanden allerdings, dass da ein Zusammenhang bestand.

Staunend ging Yannis auf den Laden zu. Die verwitterte Fassade hätte durchaus hundert Jahre alt sein können. Oder tausend.

Oder zweitausend. Yannis wusste, dass es in Athen schon vor zweitausendfünfhundert Jahren ein Buchhändlerviertel gegeben hatte, und vielleicht hatte dieser Laden hier die Zeit irgendwie überdauert. Im Laufe mehrerer Epochen waren die Nachbarhäuser zerfallen und neue gebaut worden, und das Geschäft war unmerklich Teil einer anderen Zeit geworden, und dann wieder einer anderen, und dann wieder. Schließlich war das einundzwanzigste Jahrhundert angebrochen, und niemandem war aufgefallen, dass der Laden sich klammheimlich durch die Jahrtausende gemogelt hatte. Die Farbe des Hauses war von weiß auf beige und von beige auf erdfarben gewechselt, als wäre es ein Chamäleon, das möglichst wenig auffallen wollte. Die kleine Eingangstür war aus verwittertem, dunklem Holz mit einem alten, silbernen Drehknauf daran. Außerdem hatte der Laden ein Schaufenster, das natürlich keinesfalls zweitausendfünfhundert Jahre alt sein konnte, obwohl es so verschmutzt schien, dass nichts dahinter zu erkennen war. Statt eines reißerischen »Bestseller, Riesenauswahl, Schleuderpreise« stand auf dem Fenster in altmodischen Lettern einfach »Buchladen«.

Fein, dachte Yannis und wollte nach dem Türknauf greifen.

London 1907

Im Jahr 1907 meinte das Schicksal es gut mit der Literatur.

Astrid Lindgren, Daphne du Maurier und Yasushi Inoue wurden geboren, und Rudyard Kipling bekam den Nobelpreis für Literatur. Anatole France tüftelte am *Leben der heiligen Johanna*, James Joyce debütierte mit *Kammermusik*, Maxim Gorki veröffentlichte *Die Mutter*. Selma Lagerlöf rückte mit den Abenteuern des Nils Holgersson heraus, und im selben Jahr machten Bücher von Heinrich Mann, Ricarda Huch, Paul Heyse, Ludwig Thoma und Jack London die Welt ein kleines Stück vollkommener. Nur Johan August Strindberg, der das Kunststück fertigbrachte, ein Frauenhasser zu sein und dennoch dreimal zu heiraten, rotzte 1907 nach seiner dritten Scheidung rachsüchtig einen giftigen Roman in die Welt hinaus.

Es war die Zeit von Aldous Huxley, George Bernard Shaw und Alfred Döblin, der ein paar Jahre später seine Erzählung von der *Ermordung einer Butterblume* schreiben würde, in der ein Mann einer Blume den Kopf abhackt, eine scheinbar kleine Tat, die ins grenzenlose Chaos führt. Aber 1907 dachte Döblin vermutlich noch nicht über seine Blumengeschichte nach, vielleicht ein schwerwiegender Fehler, denn wäre die Novelle schon früher erschienen, hätte sie in London womöglich Schlimmeres verhindert.

Immerhin nahm das impressionistische Kratzen an der Oberfläche in jener Zeit ein Ende, und die Schreiber schauten tiefer in die Abgründe der Menschheit. Damit konnten sie auch nicht früh genug anfangen. 1907 starb Klara Hitler, deren Sohn bald den Despotismus neu erfinden würde. Doch das Schicksal hat wohl ein Faible fürs Ironische, denn im selben Jahr brachte die Vorsehung dankenswerterweise Emilie Pelzl zur Welt, die später Oskar Schindler heiraten und mit ihm zusammen tausendzweihundert Juden vor Klaras Sohn retten sollte.

Anderswo setzte die Macht, die das Weltgeschehen lenkte, auf Beliebigkeit. In Rom eröffnete eine Frau namens Maria Montessori ihre erste Kinderstätte, in Norwegen starb Edvard Grieg. Österreich gönnte sich ab sofort das allgemeine Wahlrecht, und Stalin überfiel, um die bolschewistische Parteikasse aufzufüllen, einen Geldtransport der russischen Staatsbank. Gustav Mahler ging nach New York an die Metropolitan Opera.

In Asien riss ein Erdbeben zwölftausend Menschen in den Tod. Die Welt steckte in einer wirtschaftlichen Krise, es gab Unruhen in Frankreich und Aufstände in Rumänien. Rasputin setzte hinterlistig seinen Fuß über die Türschwelle des Zarenhofes, und als sei all das noch nicht Überforderung genug, wandte sich Picasso dem Kubismus zu, wohl in dem Glauben, die Welt habe ausgerechnet jetzt auf Gegenmodelle zur klar strukturierten Zentralperspektive gewartet. Ein Mann namens August Musger führte erstmals die von ihm erfundene Zeitlupe vor, aber auch die konnte nicht darüber hinwegtäuschen, dass die Welt ein hektischer Ameisenhaufen war und die Vorsehung deshalb ihre Augen nicht überall haben konnte. Und so sah sie wohl gerade nicht hin, als im Königreich England ein Mann namens Arthur beschloss, seinen ehemaligen Freund Fletcher beim Abendessen zu vergiften.

Falls es wirklich eine alles übergreifende steuernde Kraft gibt, war sie an diesem Abend im Januar 1907 vielleicht erschöpft, oder sie ist von einer solchen Boshaftigkeit, dass Gott froh sein kann, wenn man ihm zugutehält, dass es ihn womöglich gar nicht gibt. Denn nichts, was über eine gewisse Anständigkeit verfügt, hätte zugelassen, dass Arthur sich wenige Tage nach Neujahr vornahm, seinen Ruf zu retten, indem er Fletcher vernichtete.

Arthur fasste diesen Plan, während er mit getrübtem Blick auf eine leere Rotweinflasche starrte, und offensichtlich war auch sein Blick für die Folgen des Vorhabens getrübt, denn nicht eine Sekunde lang kam ihm in den Sinn, dass er mit der Ermordung Fletchers im Grunde nur einen Teil des Problems in den Griff bekommen würde. Nein, an jenem besonderen Abend war keine

Kraft zugegen, die Arthur zuflüsterte, dass dieser Mord konsequenterweise zu einer weiteren, noch viel ruchloseren Tat führen musste, wollte er wirklich sein Ziel erreichen. Arthur war vielleicht auch nicht philosophisch genug veranlagt, um zu überblicken, dass Handlungen andere Handlungen nach sich zogen; dass zwar das Leben eines Einzelnen aus einer begrenzten Anzahl Kapitel bestand und man im letzten durchaus ermordet werden konnte, dass aber das Leben an sich weiter und weiter Kapitel an Kapitel reihte und keine Aktion ohne Reaktion ließ. So konnte eine geköpfte Butterblume schnell das Ende allen Seins bedeuten.

Daran dachte Arthur nicht. Nicht an diesem Abend und auch nicht an den letzten Tagen, bevor er sich auf den Weg zu Fletchers Haus machte. Stattdessen überlegte er, wie er Fletcher am besten vergiften konnte. Natürlich gab es auch andere Tötungsarten, und mit Mord kannte Arthur sich wirklich gut aus – aber er war schließlich Arzt, und was lag angesichts seines beruflichen Wissens näher, als Fletcher mit einem Nerventonikum aus dem Leben zu reißen? Zumal sich die Ermittlungsbehörden von einem Messer im Rücken mit deprimierend hoher Wahrscheinlichkeit zu dem Verdacht hinreißen lassen würden, dass eine Gewalttat vorlag. Ein kompetent ausgewähltes, unsichtbares Gift erschien Arthur eher geeignet, die postmortalen Untersuchungen zu entkrampfen.

Schon ein paar Tage zuvor hatte Arthur in einer Apotheke ein Opiumpräparat gekauft. Jetzt musste er nur noch dafür sorgen, dass es Fletcher zugeführt wurde, und er wusste auch schon, wer ihm dabei helfen würde.

Im Jahr 1907 meinte das Schicksal es gut mit der Literatur, aber schlecht mit Fletcher.

Athener Altstadt

Mit einem leisen Knarren öffnete sich die alte Holztür.

Und vielleicht auch ein neues Leben, denn wenn man durch eine Tür tritt, weiß man nie, welche Veränderungen einen dahinter erwarten. Es sind schon Kinder durch Türen gegangen und als Erwachsene zurückgekehrt. Hinter Türen können Narren zu Weisen werden, Ziellose zu Menschen mit einer Bestimmung und Ungläubige zu Gläubigen. Aber auch Gesunde zu gebrochenen Seelen, Unschuldige zu Schuldigen und Vernünftige zu Wahnsinnigen.

Hinter jeder Tür wartet eine Möglichkeit. Leider weiß man vorher nicht immer, welche.

Seltsam, dachte Yannis, blickte kurz über seine Schulter hinweg die verlassene Straße hinunter und dann wieder auf den Eingang. Er war fest davon überzeugt, dass er den Knauf gar nicht berührt hatte. Kurz bevor seine Hand das alte Silber umfassen konnte, schien die Tür wie von selbst nach innen zu gleiten, so langsam, als sei sie schwer von Begriff und müsse sich ihrer Funktion erst erinnern. Yannis beschlich das Gefühl, dass die Tür vielleicht ein gigantischer Buchdeckel war, der sich auf rätselhafte Weise nicht nach außen, sondern ins Buch hinein öffnete. Verwundert starrte er ins Innere und spürte, dass der wachsende Spalt eine Einladung war, die tief in seinem evolutionären Erbe uralte Begierden aus dem Schlaf riss.

Als Yannis über die Schwelle trat, fühlte er einen kurzen und sanften Luftzug im Gesicht und ein ahnungsvolles Wehen, wie es vielleicht auch Neil Armstrong gespürt hatte, als er seinen Fuß auf den Mond setzte. Vielleicht, dachte Yannis, betrete auch ich gerade Neuland, denn für gewöhnlich trennten Schwellen unterschiedliche Welten voneinander. Vorsichtig berührte er mit der Schuhspitze den Boden des Ladens. Doch nichts passierte. Kaum aber war er unsicher in den Laden getreten, glitt die alte Tür wie von Geisterhand bewegt hinter ihm ins Schloss zurück.

Es war schummrig. Die große Fensterscheibe der Ladenfront war fast blind und außerdem mit Bücherstapeln so zugestellt, dass kaum Sonne in den Laden drang. Fast so, als wollte jemand mit aller Macht den Blick nach draußen versperren.

Oder nach drinnen.

Es gab auch kein elektrisches Licht. An der Decke baumelte ein alter Kronleuchter, und auf tropfendem Wachs leckten kleine Flammen an der Dunkelheit. In den Regalen entdeckte Yannis weitere Kerzen. Offenes Feuer neben Abertausenden Seiten Papier ließ auf einen Ladenbesitzer schließen, der entweder ziemlich sorglos war oder eine besondere Vorliebe für jene herausfordernden Momente des Lebens hatte, in denen sich Romantik mit einem kleinen Taumeln in eine Feuersbrunst verwandelte. Als ob es nicht schon genug wäre, dass in einem Buchladen die Wirklichkeit auf das Ausdrückbare reduziert wird, verringerte das fahle Licht noch das Sichtbare auf das Nötigste. Die kleinen Flammen flackerten in dem Windzug, der mit Yannis in den Laden geschlüpft war. Grotesk verzerrte Schatten huschten durch den Raum und verschwanden wieder wie namenlose Gestalten, die sich vor dem unerwarteten Besucher schnell in den verborgenen Winkeln und Nischen des Ladens verstecken wollten. Als die Feuerzungen zur Ruhe kamen, fand sich Yannis allein im Raum wieder.

Warum eigentlich? Hätte nicht der Ladenbesitzer auf ihn zutreten müssen? Oder wenigstens hinter der Kasse stehen und ihm zunicken sollen?

Aber niemand war zu sehen.

Eine Kasse konnte Yannis merkwürdigerweise auch nirgends entdecken. Nur ein altes Stehpult stand in der Nähe des Eingangs. Nichts lag darauf.

Im Laden roch es nach vergilbtem Papier, Holz, Leder und nach alten Zeiten. Irritiert bemerkte Yannis einen unergründlichen Duft, der ihn an einen Bach denken ließ. Die Wände waren bis unter die Decke mit morschen Bücherregalen verkleidet, und ein Stück weiter in den Laden hinein schmiegten sie sich nicht nur an die Wand, sondern standen mitten im Raum und schienen darauf aus, ein kleines, aber verwirrendes Labyrinth zu bilden.

Yannis trat an eines der schweren Holzregale. Alte Bücher kehrten ihm den Rücken zu und standen in Reih und Glied wie Soldaten beim Appell, angetreten, um für eine höhere Sache ihre Haut hinzuhalten. Die Haut dieser Kämpfer des Geistes war aus Leder, und Yannis fragte sich kurz, wer eigentlich eines Tages auf die Idee gekommen war, ein Messer in die Hand zu nehmen, einem Tier die Haut abzuziehen und ein Buch darin einzuschlagen.

Nachdenklich starrte er die Bücher an, und die Bücher starrten zurück. Sie waren von unterschiedlicher Hautfarbe und doch ähnlich genug, um eine Gemeinschaft zu bilden. Für einen Moment kam Yannis *Onkel Toms Hütte* in den Sinn, ein Buch, in dem es um Menschen unterschiedlicher Hautfarbe ging, die es nicht schafften, in Gemeinschaft zu leben. Vielleicht, dachte Yannis, konzentrierten Menschen sich mehr auf ihre Unterschiede, und die Bücher in diesen Regalen besannen sich eher auf das, was sie verband. Dann schüttelte er den Kopf. So ein Unfug! Als ob Bücher ein Bewusstsein hätten.

Kantig waren ihre Rücken, und sperrig war bestimmt auch der Inhalt mancher Werke. Nicht jedes Buch trug eine Aufschrift. Ein Regal weiter waren die Buchrücken aus Papier. Hier standen Meisterwerke der Weltliteratur wild durcheinander. Shakespeare, Goethe, Hemingway, Dostojewski, Neruda, May, Faulkner, Christie, le Carré, Camus, Highsmith ... Yannis lächelte, denn genauso chaotisch ging es in seinen eigenen Bücherregalen zu Hause zu. Er fand auch einen Garten, in dem alles durcheinanderwuchs, schöner als einen, in dem die Rosen im Rosenbeet trieben, der Schnittlauch im Kräuterbeet und der Rhododendron neben dem Rhododendron. Manchmal verdeutlichte Chaos die Vielfältigkeit der Dinge.

Yannis hob die Hand und ließ seine Finger langsam über die alten Buchrücken gleiten wie ein Verliebter, der seine Angebetete streichelt. Mit einer einzigen Bewegung fuhr seine Hand gleich über mehrere Jahrhunderte Literatur. Vielleicht, grübelte er, war es eine ziemlich unfaire Sache, dass irgendwo eine Frau oder ein Mann mehrere Jahre lang an einem Manuskript gesessen hatte – und herausgekommen war ein Buch, dessen Rücken im Regal nur wenige Zentimeter in Anspruch nahm und das man im Vorbeistreichen im Bruchteil einer Sekunde mit der Hand erfasst hatte. Aber um ein Buch mit dem Geiste zu erfassen, brauchte es tröstlicherweise mehr als einen Augenblick. Das hatte wohl damit zu tun, dass das Greifbare und das Anfassbare nicht immer dasselbe waren.

Nachdenklich blickte Yannis auf seine Hand – und bemerkte Staub an seinen Fingerspitzen. Merkwürdig. Anscheinend kam es nicht besonders häufig vor, dass ein Kunde den Laden betrat und sich mit den prachtvollen Büchern beschäftigte. Diese hier waren offensichtlich seit Jahren nicht mehr aus dem Regal geholt worden. Vielleicht war das auch gar nicht so gedacht. Die Bücher standen hier vermutlich so dicht, damit die Gestalten darin von Buch zu Buch und von Geschichte zu Geschichte huschen konnten. Hercule Poirot sprang zu Sherlock Holmes hinüber, um mit ihm zu fachsimpeln. Scharenweise stürmten hasenfüßige Ritter aus ihren eigenen Märchen davon, hinein ins Lied der Nibelungen, um von Siegfried ein paar Tricks abzukupfern, wie man Drachen tötet und Frauen verführt. Wenn man jetzt *Quo vadis* aus dem Regal zöge und aufschlüge, würde man vielleicht gar keinen Kaiser Nero darin vorfinden, weil der gerade in Shakespeares Drama *Julius Caesar* herumlungerte und mit dem römischen Diktator über Moral und Macht fachsimpelte und darüber, wie man das eine unterwandern kann, um das andere zu bekommen. In diesem Regal steckten der Handlungsreisende, Nathan der Weise und der Kaufmann von Venedig die Köpfe zusammen, kehrten ihren eigentlichen Geschichten den Rücken zu und jammerten über die traurigen Berufsaussichten im kaufmännischen Metier. Rudel von Wölfen waren hinter den unscheinbaren Lederrücken unterwegs, um gemeinsam neueste, kinderfreundliche Fresstechniken zu erörtern, zum Beispiel wie man eine ganze Großmutter verschlang, ohne sie dabei zu töten. Und dann würde einer stolz berichten, dass das ja noch gar nichts sei und er neulich höchstpersönlich eine halbe Herde Ziegenjunge vertilgt habe, und das ganz jugendfrei, nämlich ohne ihnen ein Haar zu krümmen, und alle würden mit den Augen rollen und ihn für einen Aufschneider halten. Nicht auszudenken, was geschähe, wenn einer der Wölfe den Weg in *Nils Holgerssons wunderbare Reise durch Schweden* finden und Selma Lagerlöfs putziger Winzling einen Moment lang nicht auf seine Wildgänse aufpassen würde. Wenn Rotkäppchen sich mit Mogli träfe und herumtratschen würde, dass Wölfe streng genommen Charakterschweine sind – die ganze Dramaturgie des *Dschungelbuchs* wäre im Eimer, und Rudyard Kipling hätte vielleicht nie den Nobelpreis für Literatur bekommen.

In diesem Laden fehlte die Kasse, weil die Bücher gar nicht hier waren, um gekauft zu werden. Sondern um sich auszutauschen. Wenn man das Ohr an die Buchrücken legte und genau hinhörte, konnte man vielleicht sogar das geschäftige Treiben und die werkübergreifenden Debatten all der schillernden Figuren ... Yannis schüttelte den Kopf. Was für eine abenteuerliche Idee. Und natürlich vollkommen unsinnig. Seit er dieses Buchgeschäft betreten hatte, fühlte seine Fantasie sich offenbar zu verwegenen Abschweifungen berechtigt.

Nicht seiner Fantasie entsprang hingegen das deutliche Gefühl, nicht mehr alleine im Laden zu sein. Plötzlich fühlte er etwas sehr Lebendiges direkt hinter sich stehen.

London 1907

Als Fletcher fast zu Ende gegessen hatte, bemerkte er, dass etwas nicht stimmte.

Schon den ganzen Tag über hatten ihn seltsame Ahnungen geplagt. Ein leises Wispern in der Luft, ein kaum spürbares Vibrieren seiner Nerven, ein drückendes Vorgefühl im Bauch. Wie ein Gewitter, das man spürt, noch bevor es losbricht. Scheue Andeutungen, die kein konkretes Geständnis gewagt hatten, waren um ihn herum geflirrt. Nichts Greifbares, doch in den letzten Jahren hatte er Dinge erlebt, die noch viel unbegreiflicher waren und sich trotzdem nicht hatten verleugnen lassen.

Die meiste Zeit hatte er an seinem Schreibtisch gesessen und darüber nachgedacht, was er tun sollte. Eine kleine Voodoo-Puppe aus Sackleinen, die auf seinem Tisch saß, hatte ihn dabei angestarrt, als wolle sie ihn dazu auffordern, ein paar Nadeln in sie hineinzustechen, gerade so, als könne man mit einem Ammenmärchen die Wirklichkeit beeinflussen. Draußen hatte der Wind um das Haus gewütet, hatte lose Äste und Blätter herumgewirbelt und gegen die Fensterscheibe geworfen, wie um Fletcher zu verhöhnen und mit Dreck nach ihm zu werfen. Wenn Fletcher zwischendurch hinausgeblickt hatte, konnte er die Raben sehen, die ihn jedes Mal an ein berühmtes Gedicht von Edgar Allan Poe erinnerten. Mit zerzaustem Gefieder hatten sie in den kahlen Bäumen gehockt und mit schwarzen Knopfaugen ins fahle Nichts gestarrt, so wie er selbst den ganzen Tag in die aussichtslose Düsternis seiner eigenen Zukunft geblickt hatte. Manchmal war Fletcher aufgestanden, vom Schreibtisch zum Bücherregal gelaufen, vom Bücherregal zum Fenster, und dann wieder zum Schreibtisch. Dabei hatte er leise vor sich hingemurmelt, als ließen sich Probleme leichter lösen, wenn man sie in Worte fasste. Als könne man Gefühle mit Spucke an Wörter kleben und einfach aus sich herausspeien. Doch die Verzweiflung hatte unbeeindruckt weiter an ihm genagt.

Fletcher hatte gespürt, dass sein Leben nach nur sechsunddreißig Jahren in eine Sackgasse geraten war, und nun wusste er nicht, wie er sich daraus wieder befreien sollte. Arthur hatte ihn auf eine Art und Weise hintergangen, die jedes Verzeihen unmöglich und alte Freunde zu ehemaligen Freunden machte. Und Fletcher wusste, dass er nicht einmal die ganze Wahrheit kannte. Irgendetwas lag noch in der Luft. Arthur hatte sich nicht nur dazu hinreißen lassen, Fletcher den Schlüssel für seine Zukunft zu nehmen, er verheimlichte ihm noch etwas.

Gladys war an diesem Tag beeindruckend still gewesen. Das war erholsam, aber ungewöhnlich. Nicht einmal zum Streiten schien sie aufgelegt, und wenn sie sich in der Küche oder im Wohnzimmer begegnet waren, hatte sie ihn durch die Fransen ihres Ponys hindurch angestarrt wie durch Gitterstäbe, als sei sie eine Gefangene ihrer selbst. Ab dem späten Nachmittag hatte Gladys dann vor dem Herd gestanden und am Abendessen herumhantiert. Es hatte sich nämlich ein Gast angesagt: Arthur.

Fletcher hatte das als böses Omen gewertet, an seinem Schreibtisch einen kurzen Brief geschrieben und ihn in einem seiner Bücher versteckt, nur für alle Fälle. Und dann hatte Fletcher sich tapfer vorgenommen, am Abend ein letztes Mal zu versuchen, Arthur zur Vernunft zu bringen und Gerechtigkeit einzufordern. Nicht, dass er es noch nicht oft genug versucht hätte. Genau genommen war kein einziger Monat vergangen, ohne dass Fletcher Arthur wütend aufgefordert hatte, der Öffentlichkeit die Wahrheit zu sagen. Doch für Arthur hatte zu viel auf dem Spiel gestanden, und so war er wenig geneigt gewesen, seine frevelhafte Tat ungeschehen zu machen. Fletcher hatte auch mit anderen Leuten über die bizarren Ereignisse der letzten Monate gesprochen, aber natürlich wollte ihm niemand seine unglaubliche Geschichte abnehmen. Auch Gladys, die er nächtelang bekniet hatte, hielt ihn für vollkommen verrückt. Aber Gladys hatte ohnehin zeit ihres Lebens nur an Tropfenfänger für Teekannen, geblümte Tischdecken und überhaupt an das leicht Entzifferbare geglaubt.

Jetzt saßen sie da, Fletcher, Gladys und natürlich Arthur, der unnachgiebig war und nicht im Traum daran dachte, irgendetwas zu tun, was seine eigene Zukunft und seinen Ruf zerstören könnte. Gladys hatte kaum etwas gegessen, und wenn sie das Besteck hielt, hatten ihre Hände gezittert. Sie hatte es vermieden, ihm in die Augen zu sehen, und sich gewissenhaft mit dem blassen Blumenmuster auf der Tischdecke beschäftigt. Zwischendurch war Arthur das Gemüse im Hals stecken geblieben, er hatte um ein Glas Wasser gebeten, und Fletcher war in die Küche geeilt und hatte ihm eins geholt, obwohl ihm der Gedanke gefallen hatte, dabei zuzusehen, wie Arthur sich an einer einfachen Erbse zu Tode hustete. Als er wiederkam, war Gladys blass, und ihre Augen waren unverwandt auf die Tischdecke gerichtet. Arthurs Husten war plötzlich wie weggeblasen.

Und nun breiteten sich in Fletchers Körper plötzlich verdächtige Lähmungen aus, die schnell in Hitze übergingen, und wenn er über den Tisch hinweg Arthur anblickte, sah er ihn doppelt und verschwommen.

»Was –«, stammelte Fletcher und blickte fassungslos erst auf seinen Teller, dann in Gladys' schreckgeweitete Augen und schließlich wieder zu Arthur.

»Tut mir leid, mein Freund«, sagte dieser und zuckte mit den Schultern. »Wenn du es nicht für dich behalten kannst, sehe ich leider keinen anderen Ausweg. Du hast schon zu viel Aufsehen erregt.«

Gladys begann zu schluchzen. Das Besteck fiel ihr aus der Hand. Fletcher schob sich den Finger in den Hals und übergab sich auf den Fußboden.

»Das wird dir nichts nützen«, sagte Arthur und lächelte nachsichtig. Dann nahm er die Serviette von seinem Schoß, tupfte sich den Mund ab, legte sie ordentlich auf den Tisch und stand auf. »Ich kann nicht riskieren, dass du alles zerstörst.«

Fletcher fiel vom Stuhl. Die Tischdecke flatterte neben seinem Gesicht, aber um nichts in der Welt wollte er als letztes Bild vor seinem Tod alberne Blümchenmuster sehen. Wo war die Frau, die früher die Blume seines Lebens gewesen war?

»Gladys –«, keuchte er, aber es war wieder Arthur, der antwortete. »Gladys? Nun, mach dir um sie keine Sorgen. Ich sorge für ihr seelisches und körperliches Wohl. Genau genommen tue ich das ja ohnehin schon eine ganze Weile, aber das hast du dir ja vielleicht schon gedacht, oder?«

Das war es also, was Arthur verheimlicht hatte. Gladys' häufige Reisen, angeblich zu einer alten Schulfreundin, hatten ihn gewundert, aber er hatte nicht damit gerechnet, dass Arthur dahinterstecken könnte. Doch sie war ja nicht das Einzige, was Arthur ihm genommen hatte. Und nun nahm er ihm auch noch das Leben.

Fletcher hörte Gladys weinen, konnte sie aber nicht sehen. Draußen krächzte Poes Rabe. Auf dem Teppich liegend kämpfte Fletcher gegen die zunehmende Leblosigkeit seines Körpers, während Arthur auf ihn zutrat und vor ihm in die Hocke ging.

»Laudanum«, sagte er und studierte mit medizinischem Interesse Fletchers Pupillen. »Kann man in der Obduktion nicht nachweisen. Sie werden es für Typhus halten.«

»Damit wirst du nicht durchkommen«, schluchzte Fletcher. »Ich habe es ihr gesagt, sie weiß alles und wird dir einen Strich durch die Rechnung machen!«

»Sie? Oh ja, sie!« Arthur schien kurz erschrocken, als ob Fletcher ihn auf eine Lücke in seinem Plan aufmerksam gemacht hätte. Dann tätschelte er Fletchers Wange. »Sie hätte ich fast vergessen. Hab sie lange nicht mehr gesehen. Gut, dass du mich daran erinnerst. Ich kümmere mich um sie.«

»Bist du wahnsinnig?«, stammelte Fletcher, der sein eigenes Sterben augenblicklich vergaß. »Du weißt nicht, was du tust. Du bringst alles in Gefahr!«

Dann spürte er, dass er nicht mehr atmen konnte.

Yannis erstarrte wie ein Kaninchen, das vom Wolf gestellt worden war und sich die Situation nun schönredete, indem es darauf spekulierte, dass es unsichtbar wurde, wenn es sich nicht bewegte. Oder dass der eigene Stillstand auch den Rest der Welt anhielt.

Das Wesen stand direkt hinter ihm, und seine Blicke betasteten ihn so gewissenhaft, dass Yannis sie am ganzen Körper spüren konnte. Wie war es so dicht an ihn herangekommen? Er hatte keine Schritte gehört, kein Rascheln und kein Atmen.

Doch eigentlich gab es keinen Grund, sich zu fürchten. Schon deshalb, weil eine Buchhandlung ein Ort nahezu grenzenloser Toleranz war und nichts und niemand die versöhnliche Duldsamkeit eines Ladens stören könnte, in dem selbst Karl May einen Platz bekommen hatte. Vielleicht aber auch, weil die Raumtemperatur plötzlich Herzenswärme annahm und dieser Duft in der Luft lag, den man sonst in der Nähe einer Wasserquelle wahrnahm, frisch und belebend und schwer zu deuten. Ohne sich umzudrehen wusste Yannis, dass das Wesen ihn keineswegs misstrauisch fixierte, sondern ihn wohlwollend und neugierig anblickte, und offensichtlich hatte es sich entschieden, keinen Ton von sich zu geben, solange er ihm den Rücken zuwandte. Ein zartes, wohliges Kribbeln zog durch seinen Bauch.

Überrascht hielt er den Atem an. Wie konnte etwas, das er nicht sah, solche Empfindungen auslösen?

Dann drehte Yannis sich langsam um, und als er das Wesen im Schimmer der Kerzen direkt vor sich stehen sah, ging sein Herz in Flammen auf.

Es waren ihre Pupillen. Kaum hatte Yannis die Frau erblickt, zogen sie ihn in ein geheimnisvolles, magisches Nichts hinein. Eine unbekannte und doch auf angenehme Weise vertraute Kraft sog Yannis' Sehen, Denken und Fühlen an sich und ließ das gesamte Umfeld hinter einem Schleier fader Belanglosigkeit verschwinden. Sie blickte ihm direkt in die Seele, und er verlor sich irgendwo tief in ihren großen, dunklen Augen, die über Jahrhunderte hinweg aus einer beharrlich griechischen Abstammung hervorgegangen sein mussten. Sie hatte einen leichten Silberblick, der wohl daher rührte, dass er so dicht vor ihr stand, und ihre Pupillen tänzelten leicht hin und her, als könnten sie sich nicht entscheiden, in welches seiner beiden Augen sie schauen sollten. Als sie schließlich ihre Lider schloss und wieder öffnete, tat sie das mit der Langsamkeit eines Menschen, der noch nie in seinem Leben gehetzt worden war und es sich außerdem leisten konnte, die Augen eine Weile vor der Welt zu verschließen.

Die Haut um ihre Augen offenbarte ein gelachtes Leben und einen Menschen, der sich wenig um die feinen Falten der Erkenntnis scherte. Sie lächelte auch jetzt, als Yannis sich endlich aus ihren Pupillen befreite und ihr Gesicht erblickte, das sinnliche Antlitz einer Frau, die vielleicht die Tochter zweier griechischer Götter war, oder die als Meerjungfrau lange Jahre in den Tiefen der Meere mit den Delfinen um die Wette geschwommen und erst vor Kurzem neugierig an Land gekommen war. Oder sie hatte auf einem namenlosen Stern fernab menschlichen Verdrusses gelebt, wo es keine Kreuze zu tragen gab und überhaupt keinerlei Bürden, denn wie sonst hätte ein Mensch zu einem so sanften Gesicht kommen können. Vielleicht, dachte Yannis, war sie auch hinter seinem Rücken aus einem der alten Bücher herausgeschlüpft, in dem sie bis eben noch als Elfe oder gute Fee oder Einhorn gelebt hatte. Das würde zumindest erklären, warum sie plötzlich einfach hinter ihm gestanden hatte. Womöglich hatte er irgendeinen geheimen Zauber ausgelöst, als seine Hand so leichtfertig über die alten Buchrücken gestrichen war.

Sie hatte schwarzes Haar, das in leichten Wellen über ihre Schultern fiel und sich über ein weißes Kleid schlängelte wie die Fühler einer sinnlichen Nacht, die sich sanft über den grellen Tag legten, um ihn zu beenden. Das Kleid erinnerte ein wenig an eine alte Tunika, schlicht und doch raffiniert. Ihre Arme hingen entspannt herab, und die Hände waren vor dem grazilen Körper gefaltet. Die Füße steckten in einfachen Sandalen.

»Schön, dass Sie hergekommen sind«, sagte sie lächelnd und legte den Kopf leicht zur Seite, um ein paar Locken aus dem Gesicht gleiten zu lassen, eine kokette Geste, die Yannis fast den Verstand raubte.

Sie hatte mit der Stimme eines überirdischen und gutmütigen Geschöpfes gesprochen, klar wie der Nachhall einer hellen Glocke, und Yannis spürte, wie die Schwingungen ihrer Stimme sich tief in seinem Inneren fortsetzten. Mit gleichsam gemalten Worten hatte sie einen kompletten Satz erschaffen, nur für ihn. Schön, dass Sie hergekommen sind – hatte die Welt jemals zuvor einen solch beachtenswerten Satz gehört?

Und überhaupt, wie war er gemeint? Hatte sie ihn etwa schon sehnsüchtig erwartet? Und vielleicht ihr ganzes Leben lang in diesem geheimnisvollen Buchladen ausgeharrt, nur weil sie das Gefühl gehabt hatte, dass er eines Tages genau an diesem Ort ihren Weg kreuzen würde? Oder war sie als Fabelwesen all die Jahre in einem der Bücher in irgendeiner Geschichte eingesperrt gewesen, weil ein Fluch sie dazu verdammt hatte, bis ein gewisser Yannis seine Finger über den Buchrücken gleiten ließ?

»Ich bin Lio«, sagte die Frau. »Und Sie?«

»Ynss«, stammelte Yannis, was die Tatsachen nur unzureichend wiedergab, aber wen interessierten schon Tatsachen, und Lio schien sich nicht sonderlich darüber zu wundern, dass ein Mann Ynss hieß. Er sah, wie sie ihre Hände voneinander löste und ihm die rechte hinhielt. Wie betäubt streckte er seine Hand aus, griff daneben, fand ihre schlanke Hand aber beim zweiten Versuch, was unter den gegebenen Umständen eine bemerkenswerte Leistung war. Langsam schüttelte er sie, und er fühlte ihre langen Finger, die sich sanft auf seine Haut legten. Dabei blickte sie ihn lächelnd an, und plötzlich bemerkte Yannis eine leichte, aber verräterische Röte in ihrem Gesicht, die in ihm ein Gefühl wachrief, das sich mit solchem Nachdruck noch nie zu Wort gemeldet hatte: Ergriffenheit.

»Yannis«, brachte er schließlich doch noch heraus, und sie sagte etwas, das er nicht verstand, weil er nicht damit gerechnet hatte, dass sie ihm noch einen zweiten Satz schenken würde, und als er sie nur hilflos anstarrte, wiederholte sie mit einem scheuen Lächeln: »Meine Hand. Wenn Sie mögen, behalten Sie sie einfach.«

»In Ordnung«, murmelte er abwesend, und erst dann wurde ihm bewusst, was er gerade gesagt hatte, und verlegen gab er ihre Hand endlich frei. Lio zog sie so zögernd wieder zurück, als hätte sie sich tatsächlich gewünscht, dass er sie nicht mehr hergeben würde, und mit Bedauern sah er, wie Lios schöne Hände sich wieder ineinanderlegten.

Das schummrige Kerzenlicht hatte Lios Pupillen inzwischen zu zwei schwarzen, geheimnisvollen Seen werden lassen, und während der ganzen Zeit hatte sie nicht ein einziges Mal zur Seite geblickt. Wenn sie wirklich aus einem der Bücher entsprungen war, wäre sie wohl doch eher eine Magierin, deren Gabe darin bestand, Menschen mit ihrem Blick zu verzaubern. Und Yannis war verzaubert, verwandelt, verlockt, geblendet, und noch nie hatte er es als einen solchen Genuss empfunden, Opfer zu sein. Sollte sein Herz doch den Flammentod sterben. Sollte sie ihn in ihren magischen Bann ziehen und niemals wieder freigeben. Sollte sein Leben sich hier und jetzt in Chaos verwandeln, es war bisher ohnehin bedeutungslos gewesen. Sollte doch das ganze Universum …

Mit einem Räuspern tastete Lio sich sachte in seinen Gedankentaumel hinein. »Sie lieben Bücher?«, fragte sie.

»Mh«, sagte er redegewaltig. Natürlich liebte er Bücher, er hätte nur viel lieber über eine ganz andere Liebe geredet. Aber weder für das eine noch für das andere fand er Worte. Momentan war sein Kopf nicht auf knifflige Literaturdiskurse aus, und für Aussprachen schien es ihm zu früh. Doch er durfte sie nicht einfach so dastehen lassen und anschweigen, also nahm er seinen Mut zusammen und versuchte sich an einem weiterführenden Satz: »Bücher sind Schöpfungen.«

Das war nicht eben das, was er sich vorgestellt hatte, denn eigentlich hätte er lieber etwas viel Magischeres gesagt, um dem Zauber der Situation gerecht zu werden. Aber es war ein kompletter, einwandfreier Satz, immerhin. Auch wenn er selbst nicht genau wusste, was er damit hatte sagen wollen.

Für einen Moment blitzten Lios Augen noch eindringlicher, und als sie anerkennend nickte, fielen ihr ein paar dunkle Locken ins Gesicht.

»Wenn Bücher Schöpfungen sind, ist die Welt vielleicht das größte Buch«, sagte sie schließlich.

»Wer es wohl geschrieben hat?«, fragte Yannis, und gleichzeitig dachte er, dass nicht die Welt die größte Schöpfung sei, sondern Lio.

»Wer weiß?«, grübelte sie. »Vielleicht schreibt die Schöpfung sich einfach selbst fort.«

Sie hob eine Hand, strich damit die Locken aus dem Gesicht und klemmte sie hinters Ohr, und Yannis spürte einen weiteren Feuersturm durch seine Brust rasen. Am liebsten hätte er diesen Laden nie wieder verlassen, aber wenn er nicht bald hier rauskäme, würde er verlodern, und damit wäre niemandem geholfen.

»Ichalsoeswirdzeit«, sagte er und blickte kurz zur Tür, um seiner Aussage jene Entschlossenheit zu verleihen, die er selbst nicht hatte.

»Bitte kommen Sie bald wieder«, sagte Lio, und wieder stieg ihr eine leichte Röte ins Gesicht.

»Ja, das mache ich«, antwortete Yannis, während er bereits zum Ausgang taumelte. Erst als er auf der Straße stand und tief Luft holte, fiel ihm auf, dass Lio ihn überhaupt nicht gefragt hatte, ob er ein Buch kaufen wollte. Für eine Buchhändlerin war das ziemlich merkwürdig.

Yannis schritt verwirrt die alte Gasse hinunter. Aus dem Augenwinkel glaubte er kurz eine große Gestalt zu sehen, die sich an eine Hauswand drückte und ihn beobachtete. Doch als er hinsah, war da nur eine Wand.

London 1907

Arthur rieb sich seinen Schnurrbart und blickte versonnen durch das Fenster hinaus in den grauen Regen, der seit Tagen im ganzen Land jedes Licht und jede Farbe gründlich fortwusch und den Ruf des Königreichs als Heimat klimatischer Einfallslosigkeit mit Macht erhärtete. Gladys werkelte in ihrer Küche herum, schob Teller durch die Gegend, schichtete Töpfe ineinander und packte Tassen von einem Schrank in den anderen und wieder zurück. Offensichtlich ließ sich Geschirr gefahrloser bewegen als Gedanken. In den letzten Tagen hatte sie nichts anderes getan. Seit sie Fletcher vergiftet hatten, sprach sie nur das Nötigste und hatte sich ansonsten darauf verlegt, die Kommunikation mit Arthur durch Blicke und fahrige Gesten aufrechtzuerhalten. Arthur war Arzt genug, um sie gewähren zu lassen.

Er legte seine Hand auf die kalte Scheibe und klopfte langsam mit den Fingerspitzen dagegen. Von draußen trommelten die Regentropfen zurück, als wären sie lauter kleine Zeugen seiner schäbigen Taten und würden sich nun wütend gegen das Fenster werfen, um zu ihm zu gelangen und ihn zur Verantwortung zu ziehen. Was er brauchte, war ein Plan. Mit Verbrechen kannte er sich aus, und wenn irgendjemand wusste, wie man eine Straftat vertuschte, dann er. Bei Fletchers Ermordung war das auch kein Problem gewesen, wie erwartet hatte der untersuchende Arzt als Todesursache Typhus in den Totenschein geschrieben. Doch hier ging es um etwas anderes, die ganze Sache war von einem Kaliber, das selbst für jemanden wie ihn kaum in den Griff zu bekommen war. Aber er hatte keine Wahl. Seine Reputation, vor Kurzem noch durch das Königshaus höchstpersönlich aufgewertet, stand auf dem Spiel, und da war er empfindlich.

Fletcher hatte recht gehabt: Es gab noch eine Mitwisserin. Und sie konnte ihm gefährlich werden. Nun stand Arthur vor zwei Problemen: Zunächst musste er wieder an sie herankommen, und das war nicht mehr so einfach, denn Fletcher hatte ihr schon vor fünf Jahren erzählt, was Arthur getan hatte, und seitdem hatte sie ihm jede Möglichkeit genommen, mit ihr in Kontakt zu treten. Das zweite, noch viel verzwicktere Problem war: Was sollte er tun, wenn er sie gefunden hatte? Sie genauso beseitigen wie Fletcher? Wäre das überhaupt möglich? Und wenn ja, was würde dann geschehen? Denn auch hier hatte Fletcher recht gehabt: Wenn Arthur sie aus dem Weg schaffen würde, könnten die Konsequenzen so ungeheuerlich sein, dass nicht einmal ein Mann wie er sie sich ausmalen konnte. Gut möglich, dass die Welt ins Wanken geriet, und nicht nur die von heute, sondern auch die der Zukunft und womöglich auch die der Vergangenheit.

Aber wenn er nichts unternahm, wäre es bald sein eigenes Leben, das ins Wanken geraten würde. Hier mussten klare Prioritäten gesetzt werden, und für einen entschlossenen Mann konnte es keinen Zweifel geben, was Vorrang hatte. Außerdem hatte er als Arzt freiwillig am Burenkrieg teilgenommen, weshalb er annahm, dass er genug für die Welt getan hatte und es nun an der Zeit sei, dass die Welt auch einmal etwas für ihn tat.

Mit einem leisen Seufzer drehte Arthur sich um, trat an Fletchers alten Schreibtisch und setzte sich auf den Stuhl dahinter. An der Wand gegenüber war eine dieser leeren Stellen ohne Regal oder Bild, wie er sie auch in seinem eigenen Arbeitszimmer hatte. In den Tagen seit Fletchers Ermordung war Arthur vorerst bei Gladys geblieben, aber es war nicht ihretwegen. Es war dieser provozierenden Wand wegen. Tag für Tag hatte er mehrere Stunden in dem Raum verbracht und wütend auf die Mauer gestarrt, die sich wie ein Hindernis auf seinem eigenen Lebensweg vor ihm aufbaute.

Yannis stand in seinem Arbeitszimmer vor den Bücherregalen. Er hatte den Raum abgedunkelt und ein paar Kerzen angezündet, als stünde er noch in Lios Laden. Sein Blick war auf eine kleine Voodoo-Puppe aus Sackleinen geheftet, die er einmal in einem Scherzartikelladen gekauft hatte und die nun zwischen seinen Büchern im Regal saß. Wenn er sie jetzt berühren würde, spürte Lio vielleicht einen sanften Hauch durch ihre Haare wehen. So oder so, Lio war noch da. Sie war zwar nicht hinter ihm.

Aber in ihm.

Wie in Lios Laden regierte in seinem Arbeitszimmer das Durcheinander. Denn auch in Yannis' Regalen unterlagen die Bücher keinerlei System. Hier war kein heimlicher Katalogisierer am Werk, der seine Schützlinge nach Farbe sortierte, nach Gattung oder nach Höhe. Die Bücher waren nicht aufgestellt wie schlagfertige Gruppen, die riefen: Wir sind die Updikes. Oder: Wir sind die Pflanzenkundebücher. Nur hier und da konnte man eine gewisse Absicht vermuten und eine Neigung zu Humor: Ein Sammelband mit Kafka-Geschichten stand neben einem Buch über Psychiatrie. Hemingways *Garten Eden* neben einem Standardwerk über Depressionen. Simmels *Es muss nicht immer Kaviar sein* neben einem Ketchup-Kochbuch. *Die kleine Raupe Nimmersatt* neben einem Fachbuch über Schädlingsbekämpfung. Ansonsten galt: Alles stand irgendwo. Yannis kannte seine Bücher so gut, dass er auch ohne System wusste, wo er welches fand. So wie man den Weg zu einem guten Freund auch ohne Stadtplan immer wiederfindet.

Die Bücher standen senkrecht im Regal, aber zwischen den Buchoberkanten und dem jeweils darüberliegenden Regalboden hatte Yannis weitere Bücher waagerecht hineingelegt – obwohl an der Wand noch Platz genug für ein weiteres Regal war. Aber er gab sein Geld lieber für Bücher aus als für Bücherregale. Und manchmal, in jenen stillen Momenten, in denen er in seinem alten Ohrensessel in der Zimmerecke saß und versonnen seine Regale ansah, beschlich ihn das Gefühl, dass es eine gute Idee sei, diese freie Stelle an der Wand besser nicht zu verstellen. Nur wo Leere ist, dachte er dann, ist noch Platz für Entfaltung. Irgendwann würde die freie Stelle einen wichtigen Zweck in seinem Leben erfüllen.

Noch nie hatte Yannis einen Buchladen verlassen, ohne mindestens ein Buch mitzunehmen. Immer gab es irgendeinen Schatz zu bergen. Immer lag da ein Buch, das ganz offensichtlich auf ihn gewartet hatte. Und immer kam er als Hungernder und ging als Gesättigter.

Diesmal hatte er einen Laden hungriger verlassen, als er ihn betreten hatte.

Das war ungewöhnlich. Außer, er hatte einen noch viel größeren Schatz gefunden.

Yannis schloss seufzend die Augen und versuchte, sich Lios sanftes Gesicht vorzustellen. Etwas durchflutete ihn. War es Ergriffenheit? Gar Liebe? Oder etwas ganz anderes?

Er hatte schon oft darüber nachgedacht, welcher Ort der Welt wohl der idealste wäre, um die Frau fürs Leben kennenzulernen. Und dafür hatte er zwei Plätze auserkoren. Der erste Ort war der Stadtpark. Hier gab es Sonne, die Licht in eine Sache bringen konnte, und Vögel, die mit ihren Flügeln die Leichtigkeit allen Seins zur Schau trugen. Und mit dieser Leichtigkeit würden Yannis und seine Frau fürs Leben ins Gespräch kommen (das war ja das Schöne am Träumen: Selbst sonst so komplizierte Dinge wie eine Frau anzusprechen bekamen diese Unbeschwertheit). Es gab auch immer eine alte Parkbank, auf der man sitzen konnte, und alte Parkbänke hatten schon viele Verliebte getragen und wurden umso gemütlicher, je verliebter man war. Außerdem bekam ein Treffen unter freiem Himmel und inmitten von Natur etwas so Ursprüngliches wie die erste Begegnung von Adam und Eva im Paradies. Und sich an einem bestimmten Tag zu einer bestimmten Zeit an einer bestimmten Stelle im Park über den Weg zu laufen, stehen zu bleiben und sich in die Augen zu blicken, war auch ein mächtiger Beweis für die Macht des Schicksals, das Menschen zusammenführen oder es sein lassen konnte.

Der zweite ideale Ort für die Begegnung mit der Traumfrau war natürlich ein stiller Buchladen. Hier konnte in Einsamkeit Zweisamkeit erblühen. Und die einzigen Beobachter waren die Bücher, stumme Zeugen, die jede denkbare Liebesgeschichte kannten, die deshalb für alles Verständnis hatten, keinen Dialog zu kitschig fanden und sich weise zurückhalten würden. Eine Frau, die man in einem Buchladen traf, würde auch Charaktereigenschaften haben, die Yannis wichtig waren, zum Beispiel würde sie die einfachen Dinge mögen, wie ein paar zusammengebundene Papierseiten mit massenhaft Buchstaben darauf. Und wer romantische und verwegene Geschichten mochte, der war tief in seinem Herzen sicher selbst romantisch und verwegen und versteckte das bescheiden unter der Oberfläche eines stillen Wassers, so wie eine Abenteuergeschichte sich unter einem Buchdeckel versteckte. In einem Buchladen konnte man über den Rand eines aufgeschlagenen Buches hinweg eine Frau anblicken und lächelnd einen schrecklich kreativen Satz sagen, wie: »In diesem Buch hier begegnen sich ein Mann und eine Frau in einem Buchladen. Wenn Sie um fünf in den Stadtpark zu der alten Parkbank kommen, erzähle ich Ihnen, wie die Geschichte ausgeht.« Oder: »Dieses Buch hat fünfhundert Seiten, genug für uns beide.« Oder: »Die Rezepte in diesem Kochbuch hier sind alle für zwei Personen berechnet.« Oder man las ihr einfach ein Gedicht vor. Man konnte auch *Romeo und Julia* kaufen, irgendeinen netten Satz und seine Telefonnummer hineinkritzeln, das Buch der Frau lässig in die Hand drücken und abwarten, was passierte.

So viel zur Theorie.

Yannis trat vom Regal zurück und ließ sich in den alten Sessel fallen, dessen Bestimmung es war, ihn aufzufangen, wann immer er den Boden unter den Füßen zu verlieren drohte. Ja, in Träumen konnten schüchterne Menschen mutig werden. Das war es wohl, was Träume und Bücher miteinander verband.

Wenn er das Geheimnis hinter Lios Zauber erkunden wollte, sollte er vielleicht schnell in ein Buch hineinschlüpfen, in dem er ein beherzter Mann wäre, der nicht verlegen zu stottern anfing, wenn eine Frau mit zwei tiefen Seen in ihren Augen ihn ansprach. Aber möglicherweise war Yannis ja auch schon mittendrin in einem solchen Buch, und er musste einfach nur abwarten, wie jemand mit Einfluss auf den Verlauf der Geschichte die nächsten Seiten füllen würde.

Athen

Am nächsten Morgen öffnete Yannis verwirrt seine Augen. Er hatte das Gefühl, dass er nicht dort aufwachte, wo er eingeschlafen war.

Verunsichert blickte er an die Zimmerdecke, und obwohl alles schien wie eh und je, war ihm, als sei sein Leben über Nacht vom Kurs abgekommen. Als hätte es sich, kaum hatte er eine Weile die Augen geschlossen gehalten, selbstständig für eine neue Richtung entschieden.

Vielleicht, dachte Yannis, bin ich einfach in ein neues Kapitel gerutscht. Denn nicht immer konnte man vorhersehen, wann ein Abschnitt des Daseins abgeschlossen war und ein neuer begann. Möglich, dass er gerade auf Seite 36 seines Lebens eingeschlafen war, und über Nacht hatte das Schicksal eine Seite vorgeblättert, aber auf Seite 37 ging das Leben nicht einfach so weiter, sondern es hatte am Ende von Seite 36 kurz innegehalten, wie um auszuholen und dann auf der nächsten Seite neu anzusetzen. In Büchern durchbrachen Kapitel die Monotonie – womöglich verhielt es sich mit dem Leben genauso. Vielleicht nahm der Fluss der Dinge manchmal Schwung, um zu neuen Ufern aufzubrechen. Und Menschen schliefen nachts, damit ihnen nicht schwindelig wurde, wenn die Vorsehung energisch zum nächsten Kapitel umblätterte.

Langsam ließ Yannis seinen Blick im Schlafzimmer umherwandern.

Nichts schien verändert.

Nun gut, große Veränderungen machten sich schließlich nicht immer an Äußerlichkeiten fest. Und neue Wege ließen sich auch auf alten Pfaden beschreiten.

In der Nacht hatte er von einem sehr merkwürdigen Buchladen geträumt, aus dem er zwar kein Buch mitgebracht hatte, aber dafür etwas anderes, Tiefgreifenderes. Da war diese magische Frau gewesen. Sie hatte schwarze Augen gehabt. Sie hatte sich mit der Anmut eines Seepferdchens bewegt. Sie hatte mit elfenhafter Stimme gesprochen.

Ein Traum?

Yannis setzte sich auf. Ja, auf der alten Parkbank hatte er vor sich hingeträumt, aber dann hatte er diesen ihm bisher unbekannten Seitenweg in der Altstadt entdeckt und darin Lios verwunschenen Laden. Normalerweise neigte Yannis nicht dazu, vom Weg abzukommen, aber gestern war er in diese Gasse geraten, die ihn weggeführt hatte von seinen gewohnten Pfaden – und geradewegs hinein in eine abenteuerliche Geschichte.

Plötzlich hatten Wölfe, Schatten, Feen, Ritter und alle möglichen Romanfiguren sein Leben bevölkert. Sie waren natürlich nicht wirklich da gewesen, aber etwas in seiner Wahrnehmung hatte sich verändert. Vielleicht lag das daran, dass er so viel las.

Lesen, dachte Yannis, öffnet Horizonte. Für ihn waren Bücher und die Geschichten darin eine Sammlung an Anregungen, wie man die Realität auch wahrnehmen konnte. Eine Beispielsammlung des Vorstellbaren. Eine Einladung, Dinge zu sehen, die hinter dem Erkennbaren verborgen lagen.

Da waren natürlich die sichtbaren Märchenfiguren. Die freundliche Verkäuferin in der kleinen Bäckerei zwei Straßen weiter, die jeden Sonntagmorgen wie eine Fee Yannis' Wünsche erfüllte und drei Brötchen in eine geheimnisvolle Tüte packte, und zu Hause fand er dann doch wieder vier. Der Koch aus dem Restaurant am Bahnhof, der jeden Morgen über den Bahnhofsvorplatz ging und Essen, das vom Abend übrig war, an Obdachlose verteilte. Die Alte, die in der Fußgängerzone stand, ihren Zeigefinger auf vorübereilende Passanten richtete und sie mit unverständlichen, aber unzweifelhaft wütenden Worten angiftete wie eine Hexe. Der Mann im Zeitungskiosk, der mit seiner Hakennase, der alten Lesebrille und dem strengen Blick aussah wie ein böser Zauberer. Der Elektriker, der neulich mit seinen magischen Händen Yannis' altes Radio wieder zum Leben erweckt hatte. Der kleine Junge, der manchmal vor der Haustür auf einem wackeligen Klappstuhl saß und selbstgemischte Limonade und alte Comic-Hefte an die Nachbarschaft verkaufte. Die Nachbarn, die zerfledderte Kinder-Comics kauften und ebenso überteuerte wie übersüßte Limonade hinunterspülten, um einem kleinen Jungen eine Freude zu machen. Der Wirt, der mit seiner kleinen Eckkneipe kaum überleben konnte und dennoch seinen Gästen gerne mal einen edlen Whisky spendierte. Der Weihnachtsmann, der jeden Dezember im Kaufhaus auf einem großen Thron saß wie ein König in Spendierlaune und wildfremde Kinder beschenkte. Die Tierärztin, die Hund und Katze auch dann behandelte, wenn ihre Besitzer kein Geld hatten, um die Rechnung zu bezahlen. Die alte Frau, die auf der anderen Straßenseite wohnte und jeden Morgen das Fenster im dritten Stock öffnete und ihre Bettdecke ausschüttelte, als sei sie Frau Holle persönlich. Und selbst diese Märchengestalten waren schon nicht mehr für jedermann erkennbar.

Um wie viel größer war die Herausforderung, all jene Märchenwesen wahrzunehmen, die sich noch viel versteckter hielten, nämlich außerhalb der Realität. Normalerweise waren sie in winzig kleinen, viereckigen Räumen zu Hause, deren Türen Buchdeckel waren. Bücher waren wie Termitenhaufen, warm, summend, pulsierend. Hinter der Fassade, da, wo mancher niemals etwas vermuten würde, wüteten im Verborgenen ganze Universen. Nur wer sehr aufmerksam war, konnte sehen, dass Bücher manchmal vibrierten, dass ein Buchdeckel sich kaum merklich anhob, dass oft merkwürdiges Gemurmel und Gewisper aus papiernen Seiten drang und zuweilen auch ein kurzer Schrei, der meist im Getöse der Realität verloren ging. Bücher glühten, bebten, hypnotisierten, lockten, lagen auf der Lauer, waren sprungbereit, und oft wirkten sie wie gespannte Mausefallen, die man nur mit größtem Respekt in die Hand nahm, weil sie jeden Moment zuschnappen konnten. Ja, für die Lesewilligen waren die Märchenwesen hinter den Buchdeckeln ebenso leicht zu erspüren wie die in der Wirklichkeit, und nicht immer konnte man sicher sein, wen von beiden man gerade vor sich hatte.

Yannis stemmte sich aus dem Bett und zog auf dem Weg ins Bad T-Shirt und Shorts aus dem Schrank. Märchen hin, Realität her. Wenn er frischen Wind um die Nase brauchte und etwas, das die Dinge zusammenfügte, dann gab es nur einen Ort, und das war ...

... das Meer. Yannis streckte seufzend seine Beine aus und grub die Zehen in den Sand. Ein leichter Wind fuhr unter sein T-Shirt und plusterte es auf wie das Segel eines Schiffes, das sich auf einer abenteuerlichen Reise befand. An der Küste von Athen begann eine Welt aus gewaltigen Wassermassen, in deren letzte Tiefen und Geheimnisse der Mensch niemals würde vordringen können. Der Ozean, wo alles Leben begonnen hatte, wurde nicht vom Wind bewegt, es waren Milliarden von Geschichten, die sich von Anbeginn der Zeit in den Meeren angesammelt hatten und sie durchzogen und in Aufruhr versetzten. Das Meer, dachte Yannis und blickte in die Ferne, ist der beste Beweis dafür, dass man für eine gute Geschichte nicht viel braucht. Wasser reichte aus, um die Fantasie der Menschen zu beflügeln.

Der Strand war eine fließende Grenze zwischen zwei Welten. Hier, direkt vor seinen Augen, lag ein zweiter Kosmos, der immer wieder in den seinen hineinschwappte und feuchte Spuren hinterließ. Eine Welt voller Seeungeheuer, Piraten, gefährlicher Kaps, Klabautermänner, versunkener Kontinente und unberechenbarer Stürme. Dort draußen, wo die Menschen nicht von Gewohnheiten und Regeln abgelenkt waren und deshalb plötzlich wieder auf ihre eigene Fantasie zurückgeworfen wurden, war das Leben geschmeidig wie eine Welle, die sanft, aber beharrlich jede noch so harte Felswand aushöhlte. Von der Antike bis ins 19. Jahrhundert hinein erzählten die Seefahrer von Geisterschiffen, und die Kraft der Erzählung verwandelte sie in Wirklichkeit: Schiffe, die sich in Nichts auflösten, riesige Segler ohne Mannschaft oder Schiffe, die wie von Geisterhand auftauchten und wieder verschwanden. Um die ganze Erdkugel spannen die Matrosen, sozusagen die ersten Globetrotter, ihr Seemannsgarn. Ein Kapitän namens Vanderdecken soll eine Frau, die nicht mit ihm schlafen wollte, getötet und im Meer versenkt haben. Doch weil er seitdem ohne Unterlass ihr Wehklagen vernommen und dabei schon fast den Verstand verloren hatte, schaffte er nicht den Weg ums Kap der Guten Hoffnung – seitdem versucht er es als der Fliegende Holländer weiter und weiter, unsterblich geworden in einer Seemannsgeschichte. So wie das Bermuda-Dreieck, wo in Wahrheit nicht mehr Schiffe verschwinden als anderswo auch, oder die gigantischen Seeungeheuer, die meistens gezielte Desinformationen einzelner Schifffahrtsgesellschaften waren, um Konkurrenten von bestimmten Seewegen fernzuhalten. Ganze Handelskonzerne verschenkten Millionen und sehr viel Zeit, als es um den Seeweg nach Indien und zu den indonesischen Gewürzinseln ging – wegen ein paar Geschichten.

Ein junges Mädchen stieg aus dem Wasser. Yannis kniff die Augen zusammen. Es wankte und schien Mühe zu haben, sich auf den Beinen zu halten. Ein merkwürdiger hellblauer Stoff klebte am Körper der Gestalt, und die langen dunklen Haare hingen ihr wirr ins Gesicht. Dort, wo der Kosmos aus Geschichten über Klabautermänner und Geisterschiffe sich im festen Boden verlor, hielt sie kurz inne und blickte an sich herab. Mit ungeschickten Händen schob sie sich die Haare aus dem Gesicht. Sie war höchstens fünfzehn.

Dann setzte sie sich wieder in Bewegung, und als sie an Yannis vorbeikam, bemerkte er, dass ihre Füße kleine rote Punkte im Sand hinterließen.

»Du blutest«, rief er, und das Mädchen erstarrte in der Bewegung.

»Deine Füße. Du bist im Wasser bestimmt auf irgendetwas getreten!«

Langsam drehte sie ihr Gesicht in seine Richtung. Es war auffallend ebenmäßig, und mit grünen Augen blickte sie ihn irritiert an. Yannis zeigte auf ihre Füße.

»Das tut sicher sehr weh!«

Sie lächelte schüchtern. Dann zuckte sie mit den Schultern.

»Soll ich die Rettungsschwimmer nach einem Arzt fragen?«

Sie winkte ab.

»Wie heißt du?«

Wieder lächelte sie. Dann tippte sie sich mit zwei Fingern auf den Mund und schüttelte den Kopf.

»Du kannst nicht sprechen?«

Eifriges Kopfnicken.

»Wohin willst du?«

Sie ging in die Hocke, und ihr langer Zeigefinger glitt durch den Sand. »Zwitschernde Fische«, schrieb sie.

»Zwitschernde Fische?«

Sie nickte lächelnd, legte den Kopf schief und betrachtete zufrieden ihre eigenen Worte.

Dann schrieb sie: »Ich gehe einen uferlosen Weg.«

Das war eine merkwürdige Formulierung, selbst für eine Fünfzehnjährige.

»Ein Weg ohne Ufer? Da hast du dir aber was vorgenommen«, lachte Yannis.

»Ich bin verliebt«, schrieb sie und wurde rot im Gesicht. Dann wischte ihre Hand den Satz hastig wieder weg.

»Das erklärt alles«, antwortete Yannis, und das Mädchen nickte wieder eifrig. Für ein paar Sekunden blickten sie sich an wie zwei, die ein Geheimnis miteinander teilten. Ein wohltuendes Gefühl wärmte Yannis' Herz, so wie man es immer verspürt, wenn man jemanden ansieht, mit dem man ein ganz besonderes Bündnis eingegangen ist. Schließlich glitt ihr Finger wieder durch den Sand.

»Danke«, schrieb sie.

Yannis blickte sie irritiert an.

»Ich verstehe nicht«, flüsterte er, und fast glaubte er Enttäuschung in ihren Augen zu lesen.

»Das wirst du noch«, schrieb sie.

Sie stand auf und stapfte davon. Ihre Füße stempelten kleine rote Abdrücke in den Sand, als sei es ihr wichtig, Spuren oder andere tiefe Eindrücke zu hinterlassen.

Die Macht der Anziehung trägt Sorge, dass die, die es verdienen, wieder zueinanderfinden, egal, unter welchen Umständen und Zufällen sie sich begegnet sind und wieder auseinandergerissen wurden.

Als Yannis in den Buchladen trat, klopfte sein Herz bis zum Hals. Wie würde Lio reagieren, wenn sie ihn wiedersah? War er zu aufdringlich?

Etwas lag auf dem alten Stehpult in der Nähe der Eingangstür. Im schummrigen Licht konnte Yannis nur einen viereckigen Umriss erkennen. Neugierig trat er näher. Sein Herz machte einen Ruck.

Der Form nach war das, was dort in unscheinbares, helles Leinen eingewickelt und mit einer Kordel verschnürt war, ein Buch. Das Päckchen war nicht besonders dick. Das Eigenartige an ihm war ein kleiner Anhänger aus vergilbtem Papier.

»Für Yannis« stand darauf.

Als er gerade seine Hand nach dem geheimnisvollen Geschenk ausstrecken wollte, hörte er ein leises Rascheln hinter sich.

»Woher wusstest du, dass ich wiederkomme?«, fragte er, ohne sich umzudrehen.

»Eine gute Geschichte verlangt immer nach einer Fortsetzung, besonders wenn sie an einer spannenden Stelle unterbrochen wurde. Du kennst doch sicher Scheherazade?«

Yannis drehte sich um. Lio stand zwischen zwei Regalen und trat nun auf ihn zu. Ein Schmunzeln umspielte ihre Lippen. Sie leuchtete, als habe sie in Mondlicht gebadet und den weichen Schimmer des Erhellenden nicht wieder abgewischt.

»Die Geschichtenerzählerin aus *Tausendundeine Nacht*?«, fragte Yannis und lächelte.

»Die Tochter des Wesirs von König Scharyar, dessen erste Frau ihm mit einem Sklaven untreu wird und der dann, um nie wieder betrogen zu werden, jeden Tag eine neue Frau heiratet und sie am nächsten Morgen umbringen lässt.«

»Eine hässliche Idee.«

»Aber Scheherazade lässt sich von ihrem Vater dem König zur Frau geben, um das Töten zu beenden, und sie hat einen einfallsreichen Plan: In jeder Nacht erzählt sie dem König eine Geschichte und bricht sie am Morgen einfach ab. Also lässt der König sie am Leben, um zu erfahren, wie es weitergeht. Tausendundeine Nacht lang retten Geschichten Scheherazades Leben – dann glaubt der König an ihre Treue und tötet sie nicht.«

»Einen Erzählstrang an einer spannenden Stelle abzubrechen und erst einmal mit einem anderen fortzufahren ist auch heute noch eine weitverbreitete Erzähltechnik«, sagte Yannis.

»Ja, und Scheherazade zeigt uns noch etwas.«

»Ich bin gespannt.«

»Geboren werden ...

... und sterben«, fuhr Lio fort, »das alleine wäre wohl ein sehr kurzes und leeres Kapitel mit nichts dazwischen.«

»Erst Geschichten füllen unser Leben auf. Und sie verlängern es nicht nur, so wie das von Scheherazade: Geschichten vertiefen unser Leben auch. Man könnte fast sagen –«

»– sie halten uns am Leben«, flüsterte Yannis.

Lio lächelte ihn an.

»Lesen!«, sagte sie dann.

Und weil das irgendwie feierlich klang, schwieg Yannis eine Weile.

Lio nahm ein Buch aus dem Regal. »Der russische Schriftsteller Fjodor Michailowitsch Dostojewski schreibt: ›Lassen Sie uns einmal allein sein, ohne Bücher, und wir werden sofort in Verwirrung geraten und ratlos sein und nicht wissen, wo wir uns anschließen und was wir festhalten sollen, was wir lieben und hassen, verehren und verachten sollen.‹ Bücher können uns die Richtung weisen.«

Yannis nickte, denn ein Bücherwurm wie er wusste natürlich sofort, wovon sie redete. Manche fanden erst durch das Lesen wirklich zu sich selbst.

»Denn Lesen öffnet Horizonte«, fuhr Lio fort, ein Gedanke, der Yannis merkwürdig bekannt vorkam, gerade als ob er selbst ihn schon einmal genau so gedacht hätte. »Lesen«, sagte sie, »verdeutlicht die Dinge und natürlich auch die eigenen Emotionen. Wenn man Buchseiten aufblättert, blättert man auch Facetten des Lebens auf, die man sonst vielleicht übersehen würde. Denn Lesen ist wie eine Lupe, die einem hilft, genauer hinzusehen. Vieles schlummert vielleicht ohnehin schon lange tief in einem drin, aber wenn man es in Worte gefasst sieht, wird es einem bewusster. Vielleicht weiß man schon immer, dass das Wichtigste in der Liebe die Intensität ist, mit der man sich auf seine Gefühle einlässt – aber wenn man einen Liebesroman liest, gewinnt die Gewissheit konkretere Konturen.«

»Und wie bei der Liebe braucht man beim Lesen nichts weiter als die Fähigkeit, sich fallen zu lassen«, lächelte Yannis.

Lio nickte. »Dann wird man plötzlich viel mehr als nur ein Zeuge. Man nimmt teil, verwandelt sich in einen Detektiv oder in einen Arzt oder in einen Ritter, und wenn man das Buch zuklappt, fallen sämtliche Blessuren und Rüstungen wieder von einem ab, und alles ist, als sei nichts geschehen. Wer am Ende seines Lebens steht und bis dahin viel gelesen hat, kann von sich behaupten, viel erlebt zu haben. Er hat mit Kapitän Nemo die Unterwasserwelt des Meeres erforscht und mit dem wagemutigen Professor Otto Lidenbrock den Mittelpunkt der Erde. Er hat sich neben Allan Quatermain durch gefährliche Abenteuer in Afrika geschlagen und mit dem hasserfüllten Kapitän Ahab den weißen Wal gejagt. Er hat mit Robinson Crusoe auf einer einsamen Insel gelebt, mit Sindbad die See bereist und mit Edmond Dantès die Flucht aus dem berüchtigten Château d'If angetreten. Vielleicht hat er mit Siegfried den Drachen bekämpft, mit Mogli bei den Wölfen gelebt oder ist mit Nils Holgersson auf Gänsen durch die Lüfte geflogen.«

Seltsam, dachte Yannis. Siegfried, Nils Holgersson und Mogli waren ihm erst vor Kurzem selbst in den Sinn gekommen.

Lio zog ein Buch von Lion Feuchtwanger aus dem Regal, schlug eine beliebige Seite auf und hielt sie Yannis hin.

»Aber da ist noch mehr. Schau!«

»Was meinst du?«

»Nun, die Buchstaben!«

»Die Buchstaben?«

»Sie sind vielleicht die größte Macht aller Zeiten. Buchstaben setzen Zeichen. Sie stehen da, schwarz auf weiß, und doch voller Farbe. Vor allem aber führen Buchstaben uns Tag für Tag die Kraft der Gemeinschaft vor Augen.«

»Wie?«

»Indem sie zu Silben werden. Und Silben zu Wörtern, Wörter zu Sätzen und Sätze zu Geschichten. Das Kleine schafft das Große, verstehst du? Nimm ein Kleines weg, und das Große fällt zusammen. Ich denke, das E nimmt trotzdem nicht für sich in Anspruch, etwas Besonderes zu sein. Einerseits bräche ohne E alles zusammen, aber was wäre es andererseits ohne seine Mitbuchstaben? Alleine ist es nichts, im Zusammenspiel alles.«

»Das Lesen zeigt, dass auf der Welt das Große vom Kleinen abhängt und nicht umgekehrt.«

»Ja, wenn du so willst. Deshalb wird jede Diktatur früher oder später scheitern. Und darum baut Demokratie eben darauf, dass die da oben von denen da unten gewählt werden. Und die Kraft der Buchstaben entsteht noch aus einem weiteren Phänomen. Der eine setzt sie hin, der andere nimmt sie auf. Dazwischen gibt es einen sehr spannenden Prozess. Was die Buchstaben nicht klären, füllen wir mit unseren eigenen Erfahrungen auf. Darum ist eine gute Geschichte für jeden Leser etwas anders. Und weil man deshalb nie so genau wissen kann, wie ein geschriebenes Wort beim Leser ankommt, haben Diktatoren manchmal so viel Angst vor Büchern, dass sie sie sicherheitshalber verbrennen lassen. Buchstaben können eine gewaltige korrigierende Kraft sein, gerade in Zeiten von Moralverlust und Elend.«

Lio nahm Yannis das Buch von Feuchtwanger aus der Hand. »Der hier«, sagte sie, »gehört zu denen, deren Bücher von den Nationalsozialisten verbrannt wurden. Da siehst du, wie viel Angst das Böse vor den Buchstaben hat.«

Sorgfältig schob sie das Buch ins Regal zurück.

»Andererseits«, sagte sie zögernd, »können Bücher auch eine mächtig gefährliche Sache sein. Selbst unser Spaß am Lesen lässt sich missbrauchen. Nimm Joseph Goebbels, den Propagandaminister der Nazis. Er hat immer darauf geachtet, dass in Filmen die deutschen Soldaten möglichst von links nach rechts durchs Bild marschieren. Weißt du, warum?«

»Keine Ahnung.«

»Wenn jemand von links nach rechts durchs Bild läuft, wirkt das wie ›weggehen‹. Von rechts nach links gehen sieht wie ›zurückkommen‹ aus. Die deutschen Soldaten sollten nicht wirken, als seien sie auf dem Rückzug.«

»Aber was hat das mit unserem Spaß am Lesen zu tun?«

»Nun ja, dass von links nach rechts gehen im Film wie ›fortschreiten‹ wirkt, hat mit unserer Lesegewohnheit zu tun: Von links nach rechts ist nämlich unsere Leserichtung. So wie der Text von links nach rechts voranschreitet, tun es auch marschierende Soldaten. Am Ende jeder Textzeile aber gehen unsere Augen von rechts nach links – dem Empfinden nach ›zurück‹.«

Yannis schwieg. Dass die Bösen der Welt mit solcher Raffinesse vorgingen und so etwas Faszinierendes wie Bücher für ihre Zwecke missbrauchten, machte ihn traurig.

Sein Blick glitt über all die Buchrücken hinweg. Alles, was Lio erzählte, war ausgesprochen spannend – aber es war ganz und gar untypisch für eine Händlerin, die etwas verkaufen wollte. Vielleicht liebte sie einfach Bücher so sehr, dass sie sie nicht mehr hergeben mochte. Das Mysterium von Lios Laden schien zum Greifen nahe und gleichzeitig weiter entfernt denn je. Was geschah hier?

Und warum traf er hier nie auf Kundschaft? Wo waren all die lesehungrigen Stöberer, wo die Versessenheit, mit der Sammler in brüchigen Inkunabeln blätterten, wo die Haudegen, Desperados und Draufgänger, die zwischen den Regalen auf der Suche nach neuen Feuerproben waren?

Yannis' Blick wanderte über das Schaufenster, weiter in Richtung Tür – und wieder zum Fenster zurück. Er kniff die Augen zusammen. Durch die Bücherstapel und die halbblinde Scheibe hindurch erkannte er einen hünenhaften Schatten, der draußen am Rande des Fensters stand und in den Laden hineinspähte. Ein mulmiges Gefühl durchfuhr Yannis' Magen. Normalerweise wäre es nicht weiter merkwürdig, dass jemand in ein Schaufenster blickt, aber in Lios Laden war nie ein Kunde, und überhaupt hatte Yannis in der Gasse draußen noch keinen einzigen Menschen gesehen. Die Gestalt stand vollkommen reglos. Sie schien etwas auf den Rücken geschnallt zu haben. Dann gab es eine schnelle Bewegung, und der Schemen war verschwunden.

»– größte Gefahr von Büchern liegt natürlich in ihrem Inhalt«, drang Lios Stimme an sein Ohr. Sie war zu einem Regal gegangen und kam nun mit einem Buch zurück, das sie respektvoll, beinahe ängstlich, mit beiden Händen vor sich hielt. Die Seiten ruhten zwischen alten Holzdeckeln, die in Leder eingeschlagen waren, und plötzlich glaubte Yannis, ein böses Wispern zu hören, das die Luft durchdrang, und die Kerzen, an denen Lio mit dem Buch vorbeischritt, schienen ängstlich aufzuflackern.

Lio schlug den Buchdeckel zurück und hielt ihm das Buch hin. »Malleus Maleficarum« stand in eckigen, bedrohlichen Lettern auf der Seite, und dann folgte weiterer Text in lateinischer Sprache.

»*Der Hexenhammer*«, flüsterte Lio. »Ein Buch von beeindruckender Widerlichkeit. Es ist sozusagen eine Anleitung, woran man Hexen erkennt und wie man ihnen den Prozess macht. Es wäre übertrieben zu behaupten, dass dieses Buch die Hexenverbrennungen im Mittelalter Europas ins Leben gerufen hätte, aber es stellte das Undenkbare auf eine pseudowissenschaftliche Basis und gab den Inquisitoren ein Regelwerk an die Hand.«

Yannis hatte bereits von dem Buch gehört. Widerstrebend schob er eine Hand vor und blätterte die alten Seiten um. Fast ohne Absätze reihte sich Satz an Satz und Obsession an Obsession. Der Hexenhammer war ab 1486 erschienen, der Buchdruck noch eine junge Erfindung und teuer. Durch das Auslassen von Absätzen und Leerseiten zwischen den einzelnen Kapiteln sollte Papier gespart werden.

»Geschrieben hat es ein Dominikanermönch namens Heinrich Kramer«, erklärte Lio. »In Latein, was bedeutet, dass es für die Gelehrten in ganz Europa lesbar war und überall als Legitimation für das Verbrennen insbesondere von Frauen herangezogen werden konnte. Von den ersten Auflagen sind noch einige Exemplare erhalten, und weißt du, was das eigentlich Frustrierende daran ist?«

»Nein, was?«

»Die vielen Gebrauchsspuren. Sie zeigen, wie oft und intensiv das Buch herangezogen und als Werkzeug benutzt wurde.«

»Warum schreibt ein Mensch ein solches Teufelswerk?«

»In diesem Fall, weil er beleidigt war.«

»Tausende von Frauen mussten sterben, weil ein Dominikanermönch beleidigt war?«

»Ja, vielleicht. Kramer leitete die Hexenverbrennungen in den Städten Ravensburg und Innsbruck. Doch in seiner Arbeit sah der zuständige Bischof ein Defizit an Rechtlichkeit, wie er sich ausdrückte. Und dann scheiterte Kramer, als er in Innsbruck sieben Frauen wegen Hexerei verbrennen lassen wollte und der Bischof dies verhinderte und Kramer sogar für verrückt erklärte und aus der Stadt verwies.«

Lio machte eine kurze Pause und fuhr dann fort. »Zu Tode beleidigt zog Kramer sich zurück und schrieb zunächst eine Stellungnahme an den Bischof und auf deren Grundlage dann den *Hexenhammer*. Er erfand eine 256-seitige Welt, in der es Hexen gab, die für Ernteschäden verantwortlich waren und für schlechtes Wetter und für Krankheiten. In der Frauen Geschlechtsverkehr mit Dämonen hatten und sich in Tiere verwandeln konnten. Eine Welt, in der Hexen Kinder vor ihrer Taufe töteten und zu einem Balsam verarbeiteten, mit dem sie dann ihre Besen bestrichen, um darauf fliegen zu können. Kramer hat dieses Machwerk in wenigen Monaten hingeschludert, und es wimmelt von logischen Fehlern und irrsinnigen Schlüssen.«

»Das ist natürlich ein problematischer Vorwurf. Hätte er sorgfältiger vorgehen sollen?«

»Um Himmels Willen, nein, das wollte ich damit natürlich nicht sagen. Aber es zeigt, wie gefährlich Bücher sein können: Sogar die offensichtlichste Lüge bekommt eine Chance, sobald sie gedruckt ist. Kramer wertete zum Beispiel tiefe Frömmigkeit als Täuschungsmanöver einer Frau, die in Wirklichkeit eine Hexe sei. Er schrieb auch, dass böse Engel Lots Frau zur Salzsäule hätten erstarren lassen und dies ja schließlich bedeutend schwieriger sei, als einem Mann den Penis wegzuzaubern. Also sei es wohl ein Leichtes für Hexen, Männern ihr Geschlechtsteil zumindest so weit aus ihrer Wahrnehmung herauszuzaubern, dass die

Betroffenen tatsächlich keinen Penis mehr spürten, geschweige denn einsetzen könnten.«

»Wie banal.«

»Das Banalste ist meistens das Wirkungsvollste. Da es in dem Buch überhaupt nur so wimmelt von sexuellen Eskapaden, weggezauberten Penissen und Sex zwischen angeblichen Hexenfrauen und Dämonen, vermuten manche Forscher, dass es einen psychologischen Zusammenhang gibt zum Zölibat des Autors. Klar ist jedenfalls eins: Was wir hier in der Hand halten, basiert auf den ganz persönlichen Gefühlen und dem beleidigten Feldzug eines einzelnen Menschen, und doch hat es die Hexenverfolgung in Europa maßgeblich beeinflusst.«

»Dass Bücher eine solche Macht besitzen können.«

»Weißt du, was das letzte Wort des Buches ist?«

Er blätterte weiter, bis er die letzte Seite vor sich hatte. Das letzte Wort lautete »Amen«.

Auf dem Weg nach Hause, wenn es denn noch sein Zuhause war, trug Yannis das kleine Leinenpaket in der Hand. »Mach es noch nicht auf, es ist noch nicht so weit«, hatte Lio gesagt, als er ihr Geschenk von dem alten Lesepult genommen und sich angeschickt hatte, den Laden zu verlassen.

Gab es für das Lesen eines Buches einen vollkommenen Zeitpunkt? Wirkte es vielleicht im Januar anders als im Juni? Sollte man *Doktor Schiwago* oder *So weit die Füße tragen* lieber im Winter lesen, und war die Saison für T. C. Boyles Afrikaroman *Wassermusik* in den heißen Sommermonaten?

Yannis hatte schon öfter Bücher an Orten passend zu ihrer Handlung gelesen. Saß der Protagonist in einem Café, hatte auch Yannis sich zum Lesen dieses Kapitels in ein Café gesetzt. Den *Mord im Orient-Express* hatte er weitgehend im Zug gelesen, *Der glückliche Löwe* vor dem Löwengehege des Zoos und *Moby Dick* am Strand. So hatte Yannis viele Stunden in Restaurants, an belebten Kreuzungen, in Kirchen, vor Leichenhallen, in botanischen Gärten, Wartezimmern, auf Friedhöfen, Dünen und Leuchttürmen, in Schlosshöfen, Häfen und dunklen Spelunken verbracht, um einer gedruckten Geschichte das richtige Umfeld zu geben.

Aber dass es für Bücher nicht nur den richtigen Ort, sondern auch die ideale Zeit geben könnte, darauf war er noch nicht gekommen.

Die Sonne warf die Schatten des Spätnachmittags auf die Bürgersteige. In der Ferne ertönten die Klänge einer Kirchenglocke, beruhigend gleichmäßig wie die Herztöne einer glaubenden Menschheit. Ein paar Wolken schienen ein fernes Schloss im Himmel zu formen, schwatzende Menschen trafen sich nach der Arbeit vor den Cafés und Restaurants, und in den Baumkronen schaukelten Vögel in einem sanften Wind. Singzikaden, in der altgriechischen Literatur zum Sinnbild für Eloquenz und Gesang aufgewertet, zirpten ihre immerwährende Litanei. Die Welt war gut gelaunt.

»Streichhölzer?«, fragte plötzlich eine zierliche Stimme. Yannis blieb stehen. An der Straßenecke stand ein blondes Mädchen mit nackten Füßen.

»Was ist mit deinen Schuhen?«, fragte Yannis, und ein merkwürdiges Gefühl übermannte ihn, denn es war nun bereits das zweite Mädchen, das barfuß seinen Weg kreuzte.

»Ich hab sie verloren, als ich mich vor einem Auto in Sicherheit bringen musste«, sagte das Mädchen. »Ein Schuh war weg, und den anderen hat ein Junge genommen, der gesagt hat, er würde ihn als Wiege benutzen, wenn er einmal ein Kind hätte.«

»Wieso verlierst du deine Schuhe?«

»Es waren die Pantoffeln meiner Mutter. Sie waren viel zu groß für mich. Aber meine Eltern haben kein Geld für neue Schuhe. Drum verkauf ich Streichhölzer. Hier!«

Mit einem verschwörerischen Blick hielt sie ihm eine Schachtel hin. »Es sind Zauberstreichhölzer.«

Yannis griff nach der Schachtel und gab dem Mädchen ein paar Münzen. »Zauberstreichhölzer, was du nicht sagst! Was können sie denn?«

»Sie können mit ihnen durch Wände sehen. Reißen Sie eins an einer Wand an, und in seinem Schimmer werden Ihnen die dicksten Mauern einen Weg eröffnen.«

»Ist das nicht verboten?«, fragte Yannis und lächelte.

»Nein, nur märchenhaft«, antwortete das Mädchen und lächelte schelmisch zurück.

»Dann werde ich es bestimmt einmal ausprobieren.«

»Ja, hinter die Dinge zu sehen kann nie schaden.«

»Da hast du sicher recht.«

»Einen schönen Tag. Und achten Sie auf Männer, die Arthur heißen«, sagte sie und lief davon.

Drei Tage. So lange, beschloss Yannis, würde er versuchen, Lios rätselhafter Anziehungskraft zu widerstehen. Er würde nicht in ihren Laden gehen und außerdem tapfer versuchen, so wenig wie möglich an sie zu denken. Er ging zum Gemüse- und Obsthändler und nahm beim Metzger Lammfleisch mit, um es über Nacht in einer Paste aus Koriander, Bockshornklee, Knoblauch, Nelken und Zimt zu marinieren, es am nächsten Tag mit Zwiebeln anzubraten und dann in Joghurt und Tomaten butterweich zu schmoren.

Um sich die Zeit zu vertreiben (und um nicht an Lio zu denken), schaute er noch beim Milchmann vorbei und sprach mit ihm über Athens politisches Ansehen draußen in der großen, weiten Welt, auf der so viel Platz war, dass man selbst einem unauffälligen Land wie Griechenland Raum für ein paar Anekdoten zur Verfügung stellte – vielleicht ein Zugeständnis an die Tatsache, dass Griechenland die Wiege zahlloser mythologischer Geschichten war. Mit einem gewaltigen Aufgebot an Titanen, Zyklopen, Göttern, Nymphen, Feuer speienden Chimären, Zentauren, schlangenhaarigen Frauen, Sirenen, Harpyien und kampferprobten Haudegen stellte Griechenland bis auf den heutigen Tag seinen wohlverdienten Platz in der Welt sicher. Fast dreitausend Jahre war es nun her, dass Homer sich darangemacht hatte, mit der *Ilias* und der *Odyssee* Dichtung und Wahrheit zu einem der gewaltigsten literarischen Werke aller Zeiten ineinanderfließen zu lassen – und bis heute Historiker bei dem Versuch, Realität von Fiktion zu trennen, in den Wahnsinn zu treiben.

Als die drei Tage um waren, machte Yannis sich auf zum Strand, vielleicht in der klammheimlichen Hoffnung, dort wieder dem stummen Mädchen zu begegnen. Ein paar Stunden lang hockte er im Sand und beobachtete, wie sich die Sonne, wohl in der Annahme, sie könne erlöschen, dem Meer mit allergrößtem Respekt näherte. Von dem Mädchen war nichts zu sehen. Auch ihre Spuren hatten sich im Sand verloren, und Yannis fühlte einen kleinen Stich in seiner Brust. Aber mit einem rätselhaften, verpackten Buch, Zauberzündhölzern und einem geheimnisvollen Buchladen hatte er in letzter Zeit eigentlich auch genug ungewöhnliche Geschenke bekommen.

Schließlich stemmte Yannis sich aus dem Sand und machte sich auf den Weg zu Lio. Vor der Ladentür blieb er einen Moment stehen, damit sein Inneres Gelegenheit bekam, alles an den rechten Fleck zu sortieren. Als er nach dem silbernen Knauf greifen wollte, glitt die Tür langsam nach innen auf. Zögernd blickte Yannis sie an. Wieder war er nicht sicher, ob er den Griff berührt oder dieser ihm ohne sein Zutun den Weg bereitet hatte. Sein Leben schien für einen Augenblick innezuhalten.

»Es gibt im Leben eine Zeit, wo es sich auffallend verlangsamt, als zögerte es weiterzugehen oder wollte seine Richtung ändern«, rief ihm Lio aus dem Ladeninneren zu.

Mit einem entschlossenen Schritt trat Yannis in Lios Welt hinein. Hinter ihm glitt die Tür wieder ins Schloss. Lio stand an einem Bücherregal, stützte sich mit dem Ellbogen auf einem der Böden ab und wedelte mit einem dünnen Buch. »So fängt Robert Musil seinen Novellenzyklus *Drei Frauen* an«, sagte sie und lächelte.

»Es ist immer wichtig, einer Geschichte einen guten Anfang zu geben«, erwiderte Yannis und dachte daran, wie er Lio zum ersten Mal begegnet war.

»Ja, vielleicht«, sagte Lio. »Aber vielleicht ist ein wirklich guter Anfang auch einer, der zeigt, dass Geschichten gar keinen Anfang haben. Das hätte den unschlagbaren Vorteil, dass sie kein zeitlich befristetes Ereignis wären, dass sie nicht nur einmal passieren und dann verpuffen, sondern unendlich weiterwirken. Hier!« Ihre Hand legte das Buch ins Regal und zog ein anderes hervor. »›Eine Geschichte hat keinen Anfang und kein Ende.‹ So beginnt Graham Greene einen Roman. Verwirrenderweise heißt er *Das Ende einer Affäre.*«

Yannis lächelte.

»Was, wenn Geschichten frei von Zeit sind?«, fuhr Lio fort. »Wenn sie sich einfach darüber hinwegsetzen können? Wenn eine Geschichte, die vor hundert Jahren passiert ist, auch heute noch lebt und wirkt und Konsequenzen hat? Schließlich können wir sie ja auch heute noch erzählen und von ihr profitieren, als würde sie sich gerade erst ereignen.«

Lio schien ganz in ihrem Element. Heute trug sie ihre schwarzen Haare zu einem dichten Pferdeschwanz zusammengebunden, aber ein paar Strähnen hatten sich daraus befreit und hingen seitlich an ihrem Gesicht herab.

»Ich lese gerade Buchanfänge«, sagte sie. »Wenn du mal in einer großen Bibliothek stranden und nicht wissen solltest, womit du dir die Zeit vertreiben kannst, nimm einfach Bücher aus den Regalen und schau dir an, wie die Schriftsteller den ersten Satz ihrer Werke gestaltet haben.« Sie zwinkerte ihm verschwörerisch zu. »Das ist auch eine sehr bequeme Möglichkeit, über viele Werke der Weltliteratur etwas Kluges sagen zu können, ohne sie überhaupt gelesen zu haben.«

Yannis lächelte. »Damit tut man der Literatur aber keinen Gefallen.«

»Vielleicht doch. Gerade bei der oft etwas sperrigen Weltliteratur kommt es gar nicht darauf an, dass jeder sie durchgeackert hat. Sondern darauf, dass es sie gibt. Wenn Bücher weiter im Gespräch bleiben, obwohl es kaum noch jemanden gibt, der sie gelesen hat, dann deshalb, weil es nicht mehr ihre Sätze, sondern ihre Kerngedanken sind, die ihnen weiterhin Wirkung verleihen. Es gibt nicht mehr viele, die *Romeo und Julia* tatsächlich gelesen haben – dass wahre Liebe sich über die größten Hindernisse hinwegzusetzen vermag, weiß trotzdem jeder.«

Lio nahm ein anderes Buch zur Hand und blätterte es auf. »Und außerdem ist es eine faszinierende Sache, sich den ersten Satz von Geschichten anzusehen. Hier, James Joyce. Er fällt gerne direkt mit der Tür ins Haus: ›Diesmal gab es für ihn keine Hoffnung mehr, es war der dritte Anfall‹, beginnt er *Die Schwestern.* Joyce sprang gerne mitten in die Handlung hinein, gerade so, als hätte seine Geschichte eigentlich überhaupt keinen Anfang, sondern sei schon längst in vollem Gang, wenn der Leser ins Geschehen einsteigt. *Gnade* zum Beispiel hebt so an: ›Zwei Herren, die gerade in der Toilette waren, versuchten ihn aufzuheben, aber er war ganz hilflos.‹ Wenn der Leser in die Erzählung einsteigt, setzt er sie nicht etwa damit erst in Bewegung – er stößt nur zu etwas dazu, was längst seinen Lauf genommen hat. Vielleicht hat die Geschichte sogar rücksichtsvoll an einer bestimmten Stelle innegehalten und auf ihn gewartet, damit er nicht das Beste verpasst.« Sie lächelte ihn an.

Yannis trat zu ihr ans Regal und zog ein Buch heraus. Es war *Der Seewolf* von Jack London. Yannis schlug den Roman auf und las den ersten Satz: »Ich weiß kaum, wo ich anfangen soll, obwohl ich manchmal spaßeshalber alles Charley Furuseth in die Schuhe schiebe.«

»Er schwängert die Atmosphäre mit Ankündigungen«, sagte Lio. »Man spürt gleich, dass da einiges auf einen zukommt. Warte.« Sie ging ein paar Meter zurück, zog *Ein Gott der Frechheit* von Stan Nadolny heraus und las: »Das Schiff durchquerte ein Gewässer von lauernder Ruhe.«

»Nicht übel«, sagte Yannis und nickte anerkennend. Er hatte *Der ehrliche Lügner* des syrisch-deutschen Geschichtenerzählers Rafik Schami entdeckt und las den ersten Satz: »Ich heiße Sadik, aber nicht einmal das ist sicher.« Lio nickte. »Rafik Schami«, sagte sie. »Ein Schriftsteller, der sich für die Versöhnung zwischen Israelis und Palästinensern einsetzt – ein Konflikt, der im Prinzip darauf beruht, dass zwei Versionen derselben Geschichte aufeinanderprallen und bisher keinen gemeinsamen Fortgang finden konnten.«

Lio griff nach dem nächsten Buch: »›Gott die Herrin hatte einen jeglichen Menschen in seiner eigenen Tonart gestimmt, und Kasper konnte sie heraushören.‹ Das ist der Beginn von Peter Høegs *Das stille Mädchen.*«

Yannis hielt inzwischen *Schnee, der auf Zedern fällt* von David Guterson in der Hand: »Kabuo Miyamoto saß mit Würde auf der

Anklagebank, sehr aufrecht und stolz, seine Handflächen ruhten leicht auf der Tischplatte, er wirkte fast unbeteiligt – soweit ein Mann unbeteiligt sein kann, dem der Prozess gemacht wird.«

»Mein Kompliment«, sagte Lio und beugte ein wenig ihren Kopf. »Ein weiteres Beispiel für einen Anfang, der eigentlich keiner ist. Alleine die Anklagebank verrät schon, dass die Geschichte längst Fahrt aufgenommen hat. Hier, wie wäre es damit: Der erste Satz aus *Salz auf unserer Haut* von Benoîte Groult: ›Wie soll ich ihn überhaupt nennen, damit es seine Frau niemals erfährt?‹«

Die Sonne war untergegangen, und das Innere des Ladens wurde nur noch vom Licht der vielen Kerzen erleuchtet. Lios Augen blitzten ihn schelmisch an, und er spürte, dass sie zu irgendetwas ausholte. »So ist das mit vielen Buchanfängen: Man liest sie und glaubt, schon eine ganze Menge in Erfahrung gebracht zu haben, weil einem die Fantasie sofort alle möglichen denkbaren Geschichten vorzuspielen beginnt, zu denen ein solcher Anfang führen könnte – aber wenn man weiterliest, merkt man von Kapitel zu Kapitel ein kleines Stück mehr, dass man sich geirrt hat und alles ganz anders kommt.« Sie lächelte ihn an. »Manchmal verlässt man sich zu sehr auf das scheinbar Offensichtliche, auf das Schwarzgedruckte des ersten Satzes – und übersieht, dass die wahre Botschaft im Weiß dazwischen liegt.«

Yannis spürte, dass sie mit ihrem Gedanken noch nicht am Ende war, und deshalb blickte er sie schweigend an.

»Angenommen«, sagte Lio schließlich, »man würde ein Buch mit folgendem Satz beginnen: ›Ausgerechnet im Buchladen fing er Feuer.‹«

Er spürte, dass ihm schwindelig wurde und ihm das Blut in den Kopf schoss.

»Dann«, fuhr Lio fort, »würde man, wenn man sich zu sehr auf das Gedruckte verlässt, annehmen, damit sei schon alles erzählt. In Wirklichkeit aber –«, sie machte eine kleine Pause, »führt der Satz einen vielleicht auf eine falsche Fährte.«

Ein Herz pochte nun stürmischer als andere, und es war Yannis' Herz. Zur Zeit hatte er das Gefühl, dass das menschliche Herz in Wirklichkeit ein autarkes kleines Wesen war, das ungefragt tat und fühlte, was es wollte – zumindest, so schien es Yannis, war es dem Menschen nicht gegeben, sein Herz zu beeinflussen, geschweige denn, es zu beherrschen. Gut möglich, dass die Menschen eigentlich nur große Transportbehälter waren, derer die Herzen sich bedienten, um sich durch die Welt zu bewegen. Pulsierend hockten sie gut geschützt in den Brustkörben, und wenn sie ein anderes Herz witterten, das ihnen aus irgendeinem Grund seelenverwandt schien, schlugen sie heftiger aus.

Vielleicht klopfte Yannis' Herz lauter gegen die Rippen, weil es nach draußen wollte, um nachzusehen, was dort vor sich ging. Doch es hätte nur Yannis selbst gesehen, der in seiner Wohnung auf dem Sofa lag und an die Decke sah.

Lio hatte noch ein Buch aus dem Regal gezogen und es ihm mitgegeben. Es war *David Copperfield*, und auf dem Weg nach Hause hatte Yannis sich den ersten Satz angesehen: »Ob ich als Hauptperson meines eigenen Lebens hervortreten werde oder ob sonst jemand diesen Rang einnehmen wird, müssen diese Seiten erst erweisen«, so hatte Charles Dickens seinen Roman begonnen.

Er legte eine Hand auf seinen Brustkorb, fühlte das aufgeregte Pulsieren seines Herzens und lächelte. So ähnlich musste eine Schwangere empfinden, wenn sie das Leben in ihrem Bauch erfühlte. Auch sie spürte das zuckende Erwachen einer gemeinsam gesäten Frucht. Aber was genau waren er und Lio im Begriff, in die Welt zu setzen?

Man musste Menschen dankbar sein, die es fertigbrachten, sich so tief in einen anderen Menschen hineinzuwagen, dass sie dort sein Herz entdeckten und es schneller schlagen ließen. Man musste natürlich auch dankbar sein, wenn man sich selbst so weit öffnen konnte, dass jemand anders überhaupt hinein konnte.

Yannis fühlte sich mit neuem Leben erfüllt. Eine neue Stärke hatte seinen Geist geflutet, und er war sicher: Wenn er die unergründliche Kraft, die Lio und ihn verband, mit seinem Leben verteidigen müsste, würde er es tun. Er begriff nun, warum es in jeder Rittergeschichte eine Prinzessin gab, denn in Wirklichkeit war es nicht die Kraft der Muskeln, die so viele Drachen getötet hatte, sondern die Kraft der Leidenschaft.

Ein bisschen hatte Lio Yannis auch in einen Ritter verwandelt, denn er fühlte sich stark, mit einer neuen Aufgabe ausgerüstet und mit einem Panzer, an dem der Dreck der Welt abprallte, ohne Spuren zu hinterlassen. Sicher würde das Leben weiter mit dem alltäglichen Schmutz nach ihm werfen, aber von nun an, dachte Yannis, würde es ein bisschen sein, als würde jemand kleine Schlammklumpen in die Sonne werfen und glauben, die Sonne damit beflecken zu können.

Und während Yannis dalag und an die Decke sah, dachte er einen Gedanken, der bald sein ganzes Leben verändern und ihn in einen anderen Menschen verwandeln würde. Ein einziger Gedanke, so klein und doch reich wie ein Füllhorn, und wenn der richtige Moment gekommen war, würde dieses Füllhorn Yannis überschütten mit neuen Gesinnungen, einer neuen Einfühlungsgabe, neuen Gemütsverfassungen und neuem Erkennen, mit einer gesteigerten Wahrnehmung und einem neuen Gefühl für das Intensive. Doch noch ahnte Yannis nichts von der Tragweite seines Gedankens.

»Eine Passion«, dachte Yannis einfach. »Es ist gut, eine Passion zu haben.«

Denn war es nicht Leidenschaft, die zu allen Zeiten die Welt verändert hatte? War das Ende von Diktaturen nicht Menschen zu verdanken, die voller Leidenschaft dafür gekämpft hatten, jedem Unrecht ein Ende zu setzen? Hatten nicht Menschen ihr Leben gelassen aus Leidenschaft für die gerechte Sache? Gegen Hexen- oder Judenverfolgungen anzukämpfen, seine Existenz aufs Spiel zu setzen für die Gerechtigkeit, die Aufklärung, für das Gefühl, das Richtige zu tun, das war Leidenschaft. Alles zu riskieren, um ein paar Flugblätter in einer Universität zu verteilen oder um darüber aufzuklären, dass die Erde nicht der Mittelpunkt des Universums war.

Heute, wo es schwieriger geworden war, das Herz der Menschen beim Anblick von Büchern in Flammen der Begeisterung aufgehen zu lassen, war es womöglich umso wichtiger, sich daran zu erinnern, dass das Buch nicht einfach ein Gegenstand war, sondern eine Waffe im Kampf um mehr Gerechtigkeit – und dass es zu allen Zeiten die Passion mutiger Schriftsteller gewesen war, die Welt gerechter zu machen und unser aller Leben mit Geschichten zu füllen. Yannis dachte an Émile Zola, den französischen Schriftsteller, der sich in einem offenen Brief mit dem provozierenden Titel »Ich klage an« gegen die ungerechte Verurteilung des jüdischen Offiziers Alfred Dreyfus gewandt hatte – und dafür selbst angeklagt und für schuldig befunden worden war und nach England hatte fliehen müssen. Doch sein Brief hatte einen gewaltigen Skandal ausgelöst und am Ende entscheidend dazu beigetragen, dass Dreyfus sein Leben nicht in Verbannung zwischen Kriminellen auf der Teufelsinsel in Französisch-Guayana verbringen musste: Der Offizier wurde schließlich freigesprochen, und die jahrelangen gesellschaftlichen und politischen Diskussionen um den Fall führten unter anderem zu einem Gesetz, das Staat und Religion strikt voneinander trennte.

Zola, der in Zeitungen immer wieder gegen den Antisemitismus seiner Zeit angeschrieben hatte, verfügte schließlich über eine stattliche Sammlung an Morddrohungen. Es war sein Schornsteinfeger, ein blindwütiger Antisemit, der Zola ermordete, indem er seinen Kamin mit Gips verstopfte. Der große Romancier starb an einer Rauchvergiftung. Der inzwischen rehabilitierte Dreyfus wurde wenige Jahre später von einem rechtsextremen Journalisten angeschossen, als er die Überführung von Zolas Überresten ins Pantheon, die französische Ruhmeshalle in Paris, begleitete.

Ja, manche Autoren hatten für ihre Passion ihr Leben gelassen. Aber in ihrer Brust hatte eine Flamme gebrannt, so stark und unauslöschbar wie die, die nun in Yannis' Herz entzündet worden war.

»Da bist du ja endlich wieder«, sagte Lio, als Yannis durch die Tür trat. Sein letzter Besuch in ihrem Laden lag gerade einmal einen Tag zurück, aber es gab Momente, da gerieten die Proportionen der Zeit ein wenig durcheinander, und was gerade erst passiert war, schien plötzlich eine Ewigkeit her zu sein. So empfand es zumindest Yannis, als er Lio wieder vor sich stehen sah, aber natürlich konnte er nicht wissen, ob allein sein inständiges Verlangen, sie möge auch so fühlen, schon ausreichte, um seinen Wunsch zur Realität zu machen. Nicht immer neigten Geschichten, die man im Kopf ersann, dazu, wahr zu sein.

»Nicht immer«, sagte Lio in diesem Moment, »neigen Geschichten, die Autoren im Kopf ersinnen, dazu, wahr zu sein«, und Yannis starrte sie fassungslos an und spürte, wie eine heiße Woge über seinen Rücken kroch, tief in sein Inneres hineinschwappte und dort wie eine Brandung aus glühenden Gefühlswellen gegen seinen Brustkorb schlug. Er brauchte eine Weile, bis er sich daran erinnerte, wie man Worte formulierte, und auch dann reichte es nur für ein kurzes –

»Wie hast –?«

– bevor ihm entweder seine Stimme oder sein Geist den Dienst versagte, als gäbe es eine geheime Sperre in ihm, die verhinderte, dass er den Satz zu Ende sprechen oder denken konnte. Lio schien von dieser Sperre zu wissen, denn sie blickte ihn lächelnd und ohne Ungeduld an, und in ihren Augen lag nicht die geringste Angst, dass er seine Frage aussprechen und damit alles zunichte machen könnte. Sie schien sich vollkommen im Klaren darüber zu sein, dass er seinen Satz nicht vervollständigen würde.

Nach einer Weile magischer Stille nickte sie leicht und nahm ein dünnes Buch, das griffbereit neben ihr im Regal gelegen hatte. Offenbar hatte sie ihn schon erwartet.

»Aber es gibt eine geheimnisvolle Verbindung zwischen Dichtung und Wahrheit. Oft beeinflusst die Realität nämlich die Literatur, dann werden Bücher zum Spiegelbild der Gesellschaft und der Zeit des Autors. Man muss *Anna Karenina* nicht gelesen haben, aber es schadet nicht zu wissen, dass es sich bei Tolstoi nicht um den Namen eines schwedischen Möbelstücks handelt. Sondern um einen Mann, der die Wirklichkeit fixiert hat, indem er sie in eine immerwährende Geschichte verwandelte. *Anna Karenina* verrät eine Menge über die russische Gesellschaft zu Tolstois Zeiten, auch wenn es ein Roman ist. So gesehen ist ein solcher Roman nicht einfach Dichtung, sondern viel mehr – die Fortsetzung von Realität.« Lio machte eine kleine Pause und öffnete das Buch, das sie aus dem Regal genommen hatte. »Ich habe noch einen Buchanfang für dich«, sagte sie leise. »Er läutet einen sehr traurigen, aber auch sehr wichtigen Roman aus Deutschland ein: ›Das Skelett 509 hob langsam den Schädel und öffnete die Augen.‹ Es ist der Anfang von *Der Funke Leben* von Erich Maria Remarque.«

Yannis hatte den Roman, der auf Augenzeugenberichten und Gerichtsprotokollen basierte und das Leben in einem deutschen Konzentrationslager beschrieb, bereits gelesen. »Das Skelett ist kein Monster, sondern ganz im Gegenteil ein halb verhungerter Mensch«, sagte Yannis und nickte.

»Das ist vielleicht eine der größten Aufforderungen, die Romane an uns richten. Sie sagen uns: Hinterfragt das Monster! Sind diejenigen, die im wahren Leben von anderen so dargestellt werden, wirklich Monster? Sind Juden wirklich Monster? Oder Hexen? Manche Romane wagen sich da sehr weit und stellen an die Urteilsfähigkeit ihrer Leser gewisse Anforderungen – wenn sie es zum Beispiel riskieren, Monster auftreten zu lassen, die gar keine sind.«

»Zum Beispiel?«

»Quasimodo. Oder Frankensteins Kreatur. Das Biest in *Die Schöne und das Biest*. In allen diesen Geschichten ist das eigentliche Monster nicht die Kreatur, sondern der Mensch. Er macht andere zu Monstern, indem er sie verstößt, verabscheut, quält – oder sie mithilfe grausamster Lügen als gesellschaftlich zu ächtende

Monster dastehen lässt. Romane können zeigen, dass die wirklichen Monster nicht die sind, die wir dafür halten sollen. Und sie können unsere Wahrnehmung auf die wahren Monster lenken.«

»Das ist der Grund, weshalb Diktatoren so wild darauf sind, die Kontrolle über den Buchmarkt zu haben«, sagte Yannis. »Und warum es immer dann, wenn eine Gesellschaft nicht auf demokratischen und freiheitlichen Grundpfeilern ruht, besonders viel Zensur gibt.«

»Es ist die Angst der Realität vor der Fiktion«, flüsterte Lio. »Denn oft ist Dichtung viel mehr Wirklichkeit als jene, die wir zu sehen bekommen.«

Der Welt ging es prächtig.

Aber vielleicht fühlte es sich auch nur für Yannis so an, denn wann immer irgendetwas sich daran machte, einen Menschen auszufüllen, wurde auf magische Weise plötzlich auch die Welt um ihn herum mit opulenten Farben erfüllt, gerade so, als gäbe es eine geheime Verbindung zwischen der Wahrnehmung eines Einzelnen und der Realität.

Während Yannis durch den Park schritt, schienen sich die Baumkronen zu ihm herabzubeugen. Vielleicht, dachte er, sind Bäume in Wirklichkeit Lebewesen, die sich aus dem tiefen Inneren der Erde durch die halbe Weltkugel gruben, bis sie zu ihrer eigenen Überraschung plötzlich die Erdkruste durchbrachen und sich in einem neuen, unerwarteten Licht wiederfanden. Trug die alte Eiche nicht, wenn man ganz genau hinsah, unverkennbar Gesichtszüge in den Konturen ihrer Rinde verborgen? Wehten die langen Nadeln der Föhre nicht so sanft im Wind wie grüne Haarbüschel? Waren die Äste der Buche nicht die in den Himmel gestreckten Arme eines verwunderten Wesens, das nach dem unbekannten grellen Licht zu greifen versuchte?

Wenn man die Dinge mit einer Geschichte versah, schienen sie plötzlich irgendwie intensiver und erlebenswerter.

Als er jedoch bei Lios Laden ankam und diesmal all seine Aufmerksamkeit auf die Frage konzentrierte, ob die Eingangstür sich wirklich von alleine öffnete oder durch sein eigenes Zutun, entzog sich die Wirklichkeit wieder einer greifbaren Antwort.

»Ich hab's gleich«, drang irgendwo aus dem Labyrinth der Bücherregale Lios Stimme an sein Ohr. Offenbar hatte sie Yannis schon erkannt, noch bevor sie ihn sehen konnte.

Heute schienen merkwürdige Schwingungen den Laden zu erfüllen. Ein Raunen, das von bevorstehenden Ereignissen hier an diesem Ort kündete. Wie bei jemandem, dessen Kutsche auf abgelegenen Wegen zu Bruch gegangen war und der nun bei Anbruch der Nacht an der Pforte eines düsteren, alten Schlosses weitab von der nächsten Stadt gestrandet war und ein zögerliches Hallo in die Hallen warf, das zu seinem blanken Entsetzen von einer ganzen Kaskade von Echos zu einem lauten Gebrüll verstärkt wurde, welches nun wirklich jede noch so tote Gestalt des Grauens aus der Ruhe reißen musste. Man spürte einfach, dass sich in absehbarer Zeit dies und das ereignen würde.

Als draußen vor dem Laden ein leises Krächzen zu hören war, zuckte Yannis zusammen. War das ein Rabe gewesen? Er dachte an ein Gedicht von Edgar Allan Poe, in dem es um einen Raben ging.

»Du schaust, als wäre ein Rudel tollwütiger Werwölfe hinter dir her«, sagte Lio, als sie hinter einem Regal hervortrat. In der Hand hielt sie ein Buch.

Yannis lächelte sie an. Er brauchte nicht darauf einzugehen, denn beim Anblick von Lio verschwanden die düsteren Bilder sofort.

»Ein Buch, das die Realität beeinflusst hat«, fuhr Lio fort und wedelte damit wie mit einem wichtigen Beweisstück. »Sicher erwartest du nun ein sehr kompliziertes Fachbuch über den Sinn des Lebens oder über verzwickte wissenschaftliche Formeln. Schwierige Kost, in der es um das ganze Universum geht, um Schwarze Löcher und allerlei Theorien.«

»Aber stattdessen erwartet mich etwas anderes.«

»Stimmt genau. Und dennoch kann man ohne Übertreibung sagen, dass dieses Buch die Welt verändert hat. Weil es unsere Wahrnehmung verändert hat. Hier, nimm.«

Yannis griff respektvoll nach dem geheimnisvollen Werk und drehte es langsam um, bis er den Titel lesen konnte. Überrascht blickte er auf. Trieb Lio einen Scherz mit ihm?

»Aber – das ist ein Kinderbuch.«

»Wieso ist das ein Widerspruch? Sind es denn nicht gerade Kinder, die mit ihrem Drang nach Geschichten die Welt bereichern?«

»Aber was hat all das mit *Onkel Toms Hütte* zu tun?«

»Nun, die Geschichte über die Lebensbedingungen schwarzer Sklaven in Amerika war zunächst als Fortsetzungsroman in einer Zeitung erschienen und hatte dort schon großes Interesse bei den Lesern geweckt. Das Buch hat dann eingeschlagen wie eine Bombe. Die ersten fünftausend Exemplare waren innerhalb von zwei Tagen ausverkauft, und schon nach einem Jahr hatten die Verkäufe in Amerika dreihunderttausend überschritten, in England waren es sogar über eine Million. Eine renommierte Literaturzeitschrift, die *Literary World*, sprach 1852 von einem solch aufsehenerregenden Ereignis, als ob die Menschheit noch niemals zuvor ein Buch zu Gesicht bekommen hätte. Tolstoi äußerte sich begeistert, und inzwischen ist *Onkel Toms Hütte* in über 40 Sprachen übersetzt worden. Als es auf den Markt kam, hat es sogar den Verkauf der Bibel angekurbelt – wegen des religiösen Tenors der Geschichte.«

»Eine Geschichte über Sklaverei.«

»Viel mehr als das. Harriet Beecher-Stowe, so heißt die Autorin, hat mit ihrem Buch die Welt ein kleines bisschen besser gemacht. Ihr Roman hat die Diskussionen um das Thema Sklaverei wirkungsvoller angeheizt als manch intellektueller Diskurs. Nach der Veröffentlichung kamen schnell die ersten Übersetzungen in andere Sprachen, und so wurde das Nachdenken über Sklaverei in die ganze Welt hinausgetragen.«

Yannis spürte, wie sich in seinem Inneren etwas regte. Es stimmte, was Lio gesagt hatte: Es musste nicht jeder all diese Bücher gelesen haben. Sie wirkten auch so auf die Welt.

»Beecher-Stowe wollte, wie sie sagte, ›schreiben wie ein Maler malt, gegen Bilder kann man nicht argumentieren‹«, fuhr Lio fort. »Und das tat sie mit großem Erfolg. Als sie das erste Mal nach Europa kam, wurde sie von Herzögen und von der englischen Königin empfangen, die Straßen waren mit Hunderttausenden von Menschen gesäumt, die sie sehen wollten.«

Lio machte eine kurze Pause und blickte Yannis eindringlich in die Augen. »Ein Buch, verstehst du? Es war nur ein Buch.

Geschrieben von einer Frau, deren Vertrag ihr Mann unterzeichnen musste, weil Frauen zu dieser Zeit in Amerika noch nicht geschäftsfähig waren. In seiner Eindringlichkeit hat es dazu beigetragen, dass die Sklaverei in der Öffentlichkeit mehr und mehr verurteilt wurde. Und wenig später, nach dem Amerikanischen Bürgerkrieg, wurde sie abgeschafft. Präsident Abraham Lincoln persönlich soll Beecher-Stowe einmal mit den Worten begrüßt haben: ›Sie sind also die kleine Frau, die diesen großen Krieg verursacht hat.‹ Aber ich denke, das ist nur eine Legende, Lincoln wäre klüger gewesen.«

Lio zwinkerte ihm verschmitzt zu.

»Ein Kinderbuch hat die Wirklichkeit verändert.« Yannis nickte anerkennend.

»Denk nur an die Wölfe«, sagte Lio. »Was glaubst du, warum sie nördlich der Alpen einen so schlechten Ruf haben und südlich der Alpen viel besser akzeptiert werden?«

»Rotkäppchen ist schuld?«

»Dort oben, vor allem in Deutschland, müssen Naturschützer heute sehr viel Aufklärungsarbeit leisten, um den Menschen klarzumachen, dass frei lebende Wölfe keine Gefahr darstellen. Man nennt es das Rotkäppchen-Syndrom: Märchen wie *Rotkäppchen, Der Wolf und die sieben Geißlein* und zahllose Fabeln haben dem Wolf einen schlechten Ruf verpasst. In Deutschland war der Wolf deshalb komplett ausgerottet. Die letzten seiner Art waren gejagt worden wie gefährliche Bestien und hatten Namen wie der ›Schrecken von Davert‹ oder ›Tiger von Miltenberg‹ bekommen. Der letzte Wolf wurde in Sachsen gehetzt und im Februar 1904 als ›Tiger von Sabrodt‹ getötet von einem noch viel gefährlicheren Raubtier: dem Menschen. Wolfsgruben mit angespitzten Pfählen auf dem Boden, vergiftete Köder mit Widerhaken, auf Wölfe abgerichtete Hunde und Schusswaffen machten Isegrim den Garaus. Inzwischen ist der Wolf wieder zurück und hat ein Imageproblem.«

Lio machte eine kurze Pause. »Natürlich war es nicht Rotkäppchen allein. Und auch im Süden Europas galt der Wolf zeitweise als Bestie. Denn die Inquisition hatte den Wolf zum Monster umfunktioniert. Schon Herodot hatte über Werwölfe geschrieben; jetzt wurden Menschen vor Gericht gestellt, die man für Werwölfe hielt. In Europa entflammten die Scheiterhaufen, Tausende angebliche Werwölfe wurden hingerichtet. Auch echte Wölfe bekamen eine Gerichtsverhandlung und einen Verteidiger und wurden erhängt. Erst im 18. Jahrhundert ebbte das Wüten ab. Aber da war es schon zu spät für den gejagten Jäger. Denn der Volksglaube an den gefährlichen Todbringer auf vier Beinen blieb. Die Jäger werden wenig gegen dieses Image unternommen haben. Ihn zu verteufeln legitimierte schließlich auch, ihn auszurotten. Und wer den Wolf jagte, stand umso größer da, je gefährlicher seine Beute zu sein schien. Der Wolf ist so auch das Opfer nachmittelalterlichen Jägerlateins – auch wieder Geschichten. Es gibt Untersuchungen, die besagen, dass Menschen sich vor Wölfen umso mehr fürchten, je weiter entfernt sie von Wolfsgebieten leben. Weil dort der Mythos stärker wirkt als die reale Erfahrung mit dem Wolf, verstehst du? Märchen wie *Rotkäppchen* haben das unterstützt. Hier im Süden, vor allem in Italien, hat der Wolf es heute etwas leichter: Nach einem uralten Schöpfungsmythos verdankt eine ganze Stadt ihre Existenz einer Wölfin.«

»Ja, Rom.«

»Worauf ich dich aufmerksam machen möchte, ist dies: Ohne fiktive Geschichten wie die von *Onkel Toms Hütte* wäre die reale Welt heute eine andere.«

Athen

Die Bücher schweigen.

Nachdenklich saß Yannis in seinem Ohrensessel und blickte auf die Buchrücken. Nicht immer, dachte er, war Schweigen ein Ausdruck von Gleichgültigkeit. Manchmal drückte es ganz im Gegenteil eine zum Zerreißen gespannte Erwartung aus.

Seufzend schüttelte er den Kopf. In letzter Zeit schien seine Fantasie zu wuchern wie Efeu. Bücher, die im Regal standen und gebannt den Atem anhielten! Was sollten sie wohl von ihm erwarten?

Selbst wenn – was taten sie umgekehrt schon für ihn? Sie ließen ihn im Stich. Denn Yannis spürte, dass ihm etwas fehlte, und das waren Worte. Nicht, dass er in all seinen Büchern nicht genügend davon finden würde. Nur fühlte er gerade wirklich Großes, und dafür schienen ihm alle Worte dieser Welt irgendwie zu klein. War das Liebe? Leidenschaft? Etwas anderes? Was hatte sich in ihm eingenistet? Mag sein, dachte er, dass selbst Großes in einem so kleinen Ort wie einem Herzen auf magische Weise Platz fand – aber welche Worte konnten groß genug sein, um es zu fassen? Egal, welche Worte Yannis auch durch den Kopf gingen – um die Wucht seiner Gefühle zu beschreiben, fehlte ihnen das wichtigste: Tragweite.

Draußen strich ein sanfter Wind umher, der vielleicht auf der Suche nach ein paar losen Blättern oder sonstigen Reiselustigen war und durch das gekippte Fenster flüsternd in Yannis' Arbeitszimmer eindrang und leises Vogelgezwitscher mit sich trug. Irgendwo in einem der Nachbarhäuser hörte jemand bei geöffnetem Fenster Chopin, und der Baum vor dem Fenster ließ seine Blätter rascheln. Die Welt selbst brauchte offenbar keine Worte, um sich auszudrücken.

Worte waren eine verflixte Sache. Heerscharen von Schriftstellern hatten Milliarden von Büchern, Geschichten und Gedichten in die Welt gesetzt und mit jedem einzelnen Satz die Bedeutung von Wörtern ausgedehnt, die Tiefe der Sprache neu ausgelotet und das Ausdrückbare erweitert. Niemand wusste, wie viel Papyrus und Papier, wie viele Schreibfedern, Whiskyflaschen und Ehen geopfert worden waren, nur um immer weitere Sätze auszubrüten. Die Autoren aller Zeiten hatten an ihren Fingernägeln gekaut, Gläser an die Wand geworfen, wütend Papier aus der Schreibmaschine gerissen und zerknüllt, im Wahn schwitzend vor sich hingefaselt, leeres Stroh gedroschen und in einer Sekunde das Ergebnis tagelanger Arbeit verworfen, verzweifelt an die Decke gestarrt, geschrien und getobt und ihre geistige Gesundheit aufs Spiel gesetzt, um die Vielfältigkeit des Seins so weit zu bändigen, dass sie sich in Worte binden ließ. Wie kleine Dompteure hatten sie vor einer gigantischen und ständig aufs Neue explodierenden Wirklichkeit gestanden, in der Hand nichts weiter als eine winzig kleine Waffe, vielleicht einen Füllfederhalter, und immer wieder war es ihnen gelungen, die Realität einzufangen und in Worte zu fassen.

Würde man einmal formulierte Worte als kleine umherflirrende Wesen sehen können, würde vermutlich das ganze Weltall angefüllt sein von ihnen, und die Erdkugel würde mittendrin schwimmen in einem gigantischen Ozean aus Sätzen, Buchstaben und Wörtern. Aber wenn man nach den richtigen Worten suchte, weil man nicht wusste, wie man seinem inneren Meeresrauschen sonst eine Form geben sollte, dann fehlten sie einem. Dann war der Kopf so leer, als wäre er nie mit einem Buch gefüttert worden, und der ganze kosmische Ozean aus Worten war für die Katz.

Die Chopinmusik aus dem Nachbarhaus verklang. Yannis stemmte sich aus dem Ohrensessel und trat ans Fenster. Die im Wind wehenden Blätter des Baumes vor dem Haus waren wie Tausende von Händen, die darauf gewartet hatten, dass er sich endlich am Fenster zeigen würde, damit sie ihm zuwinken konnten.

Vielleicht, dachte Yannis, verbirgt sich vieles auch ganz einfach *hinter* dem Ausdrückbaren, und die Kunst bestand darin, das Unsagbare nicht in Worte, sondern in Blicke, Taten oder Gesten zu fassen. So wie Lio, die nur eine Haarsträhne hinter ihr Ohr zu klemmen brauchte und mit dieser kleinen Geste Yannis' Herz in Flammen aufgehen lassen konnte. Wahre Leidenschaft war womöglich viel zu groß, um in Worten Platz zu finden, denn Worte hatten Grenzen, Leidenschaft hingegen war grenzenlos.

So gesehen, dachte Yannis, war es mit den Leidenschaften wie mit den Büchern. Auch das Wesentliche eines Buches lag in dem, was nicht ausdrücklich gesagt wurde. Nicht die Buchstaben allein ergaben eine Geschichte, sondern die über die Worte hinausgehende Schwingung. Wie ein Verliebter musste sich auch ein Schreiber darauf verlassen, dass zwischen den Zeilen genug Platz war, um noch mehr in die Welt hinauszutragen. Die Essenz ihrer Leidenschaft legten die Schreiber nicht im Schwarz der Buchstaben ab, sondern in dem weißen Raum dazwischen. Eben dort, wo sie auch nur von jenen gefunden werden konnte, die selber leidenschaftlich genug waren, um genau hinzusehen. Gut denkbar, dass die Sätze eines Buches nicht mehr waren als ein Gerippe, zwischen dessen Knochen sich die eigentliche Bedeutung spannte. Der Text war also vielleicht nur das Skelett, und das Herz der Geschichte schlug anderswo.

Unten am Stamm des Baumes schien sich jemand zu bewegen, ein Schatten am äußeren Rand von Yannis' Sichtfeld. Doch als er seinen Blick von der Baumkrone löste und tiefer gleiten ließ, war da nichts.

Nicht zum ersten Mal hatte Yannis das Gefühl, dass das Offensichtliche noch nicht alles war. Dass es mehr gab, Entscheidenderes, Mächtigeres. Und nicht zum ersten Mal spürte er, dass die Welt hinter der Welt ihn zu erreichen versuchte. Natürlich halten wir uns, wenn wir durchs Leben gehen, mit den Augen am Sichtbaren fest, dachte er. Und doch fühlen wir manchmal, dass das Offenkundige noch nicht die eigentliche Offenbarung ist. Allzu schnell befriedigen wir uns am Greifbaren, und nur echte Passion weitete den Blick auf das, was verborgen lag. Nur wer so weit vordrang, würde begreifen.

»Tee?«, fragte Lio, und Yannis nickte, während er sich in den Ohrensessel gleiten ließ. Ein gutes Gespräch hatte ein gutes Getränk verdient, genau wie ein gutes Buch, das man las, während man sich in seine Couch schmiegte und draußen ein Sturm tobte. Sätze gewannen irgendwie an Eindringlichkeit, wenn sie von einer wohltuenden Tasse Tee, einem inspirierenden Whisky oder Rotwein untermalt wurden. Deshalb hatte Yannis diese auch »Lesetropfen« getauft.

Lio goss dampfenden Tee in eine Tasse, die wie eine Blüte geformt war. Als sie sie ihm reichte, berührten ihre Finger seine Haut, und die Tasse verschwand kurz zwischen ihrer und seiner Hand, als wollten sie gemeinsam etwas sehr Empfindliches beschützen. Dann lösten sich Lios Finger, und sie setzte sich auf die Kante eines alten Tisches, auf dem ihre eigene Teetasse stand, von der kleine durchsichtige Schwaden in die Luft stiegen.

»Du bist schon durch viele Türen gegangen«, sagte sie dann und lächelte. Sie griff nach der Porzellanblüte, umschloss sie mit beiden Händen und blies sanft auf das heiße Getränk. »Du öffnest gern Türen, nicht?«

Yannis blickte sie nachdenklich an. Lio lächelte weiter und schwieg. Sie ließ ihren Satz ziehen, so wie man Tee ziehen lässt, damit er seine volle Wirkung entfaltet. Vorsichtig schlürfte sie aus ihrer Tasse. Durch den aufsteigenden Dampf blickten ihre dunklen Augen Yannis abwartend an. Nach einer Weile lächelte er zurück.

»Türen verbergen«, sagte er. »Das macht neugierig. Sie verstecken etwas, aber gleichzeitig sind sie eine Einladung, das zu erkunden, was hinter ihnen liegt.«

Lio schaute weiter abwartend in Yannis' Augen. Anscheinend war der Gedanke noch nicht dorthin gedacht, wo sie ihn haben wollte. Doch Yannis hatte bereits begriffen, worauf sie aus war. Um das, was in der Luft schwebte, auszukosten, nahm er bedächtig einen Schluck Tee.

»Guter Lesetropfen!«, sagte er und blickte anerkennend auf seine Blütentasse. Eine Weile betrachtete er die goldene Flüssigkeit darin, dann räusperte er sich und sah schließlich direkt in Lios Seeaugen. »Irgendwie sind Türen wie Buchdeckel«, sagte er schmunzelnd, und Lio nickte zufrieden. Vielleicht, dachte Yannis, schätze ich sie vor allem dafür, dass sie so inspirierend ist.

»War das nicht eine fantastische Idee, Buchseiten irgendwann zwischen einen Rücken und einen Deckel zu binden?«, sagte Lio. »Eine Buchklappe, die sich öffnen lässt wie eine Tür! Und eine Tür ist es ja irgendwie auch.«

Yannis erinnerte sich, wie er zum ersten Mal Lios Laden betreten hatte und wie die alte Holztür in den Laden hineingeschwungen war, wie ein Buchdeckel, der sich merkwürdigerweise nicht nach außen aufklappte, sondern ins Buch hinein öffnete. Er spürte, dass dieser Gedanke noch einen weiteren enthielt, aber er bekam ihn nicht zu fassen.

»Öffnen«, fuhr Lio fort, »bedeutet erschließen. Man klappt einen Buchdeckel auf, um Neues zu erkunden. Neue Erfahrungen, neue Erlebnisse, Abenteuer. Die richtige Einstellung, um ein Buch zu öffnen, ist –«

»– Entdeckungsdrang!«

Lio nickte. »Ist dir schon mal aufgefallen, dass alle Geschichten auf Seite 7 beginnen?«

»Auf Seite 7?«

»Der eigentliche Text. Es ist fast immer eine rechte Seite. Man nennt rechte Seiten auch Aufschlagseiten, weil beim Umblättern der Blick auf eine rechte Seite freigegeben wird. Und der Text fängt auf Seite 7 an. Warte!« Lio stellte ihre Tasse ab, rutschte von der Tischkante und holte ein Buch aus dem Regal. Behutsam legte sie es auf den Tisch, und Yannis glitt aus dem Sessel und beugte sich neben Lio über das Buch.

Lio klappte den Deckel zurück. »Hier, die erste Seite. Siehst du?«

»Aber sie ist leer –«

»Eben. Spannend, oder? Eine schneeweiße, leere Seite! Und hier, links davon: das Blatt, das von innen auf den Buchdeckel geklebt ist. Es ist ebenfalls unbedruckt. Diese spezielle Seite nennt man übrigens Spiegel.« Lio zwinkerte ihm zu. »Vielleicht heißt sie so, weil sie den Leser widerspiegelt, denn auch der ist, bevor er das Buch zu erschließen beginnt, ein unbeschriebenes Blatt. Leere Seiten steigern aber auf jeden Fall die Vorfreude. Sie sind Spekulation, Nichtwissen, Leere. Und wenn man Glück hat, ist auch der Leser rein genug, um sich von der Geschichte, die ihn erwartet, beeindrucken zu lassen.«

Lio blätterte weiter. »Die ersten leeren Seiten heißen Vakatseiten, sie sind sozusagen ein Übergangsritual. Man klappt den Buchdeckel auf, aber man ist noch nicht in der Geschichte, sondern gelangt zunächst in einen Raum, der Erwartungen weckt, neugierig macht, die Wahrnehmung schärft, von der Realität reinigt. Und dann, wie bei jeder anständigen Schleuse«, Lio wies auf die nächste Seite, auf der noch einmal Buchtitel, Autor und Verlag genannt waren, »kommt eine weitere Tür und dahinter erst die Geschichte. Wie bei einem Zauberer, der aus einem Zylinder nicht sofort das weiße Kaninchen hervorholt, sondern erst einen weiteren Zylinder und daraus dann das Kaninchen.«

Yannis spürte, wie ihm ein Schauer über den Rücken lief. Erst kürzlich war ihm genau dieses Bild selbst durch den Kopf gegangen. Was, wenn die Geschichten der Wirklichkeit auch Kaninchen in Zylindern waren?

»Diese zweite Tür hier nennt man Schmutztitel. Der Schmutztitel wiederholt grundsätzlich, wer das Buch geschrieben hat und wie es heißt, manchmal auch den Verlag. Das Blatt ist ein Relikt aus der Geschichte des Buches. Bevor Bücher standardmäßig gebunden verkauft wurden, waren sie lose Blätter – und wenn der Käufer für sein Buch einen Einband haben wollte, ging er zu einem Buchbinder und ließ dort sein Exemplar binden. Das konnte sich natürlich nur leisten, wer genug Geld hatte. Für alle anderen gab es den Schmutztitel: ein erstes Blatt, das noch nicht den Text enthält und die folgenden Blätter vor Flecken bewahrte. Außerdem waren die ersten Bucheinbände noch ohne Beschriftung. Man brauchte also den Schmutztitel auch bei einem gebundenen Buch, damit man wusste, um welches Buch es sich handelte.«

Manchmal, dachte Yannis, konnte man den Dingen eben nicht schon an ihrer Oberfläche ablesen, was sich in ihrem Inneren versteckte. Offenbar lebten auch manche Geschichten im Verborgenen. »Hinter die Dinge zu sehen kann nie schaden«, hörte er in seinem Kopf die Stimme eines barfüßigen Mädchens.

»– kommt nach dem Schmutztitel oft der Haupttitel, der nochmals Buch, Autor und Verlag nennt und meistens größer gedruckt ist als der Schmutztitel«, eroberte Lios Stimme seine Aufmerksamkeit zurück. »Das soll zeigen: Jetzt geht es los!« Sie nippte an ihrem Tee, und ihre Augen funkelten Yannis durch den Dampf hindurch an, der von der Tasse vor ihrem Gesicht aufstieg. Dann wies sie mit dem Kopf auf das Buch. »Die leeren Seiten, die Titel und das heute vorgeschriebene Impressum bilden zusammen die sogenannte Titelei. Sie ist, wenn du so willst, das Eingangsritual vor dem Neuen und Unerwarteten.«

Die Dinge spitzten sich zu.

»Außerdem gibt es auf den ersten Seiten oft einen kleinen Text, der große Geschichten in sich bergen kann«, fuhr Lio fort. »Ich meine die Widmung. Warte.«

Sie zog ein Buch hervor. »Das *Hotel New Hampshire* von John Irving. Mal sehen – da haben wir es: ›Für meine Frau Shyla, deren Liebe Licht und Raum für fünf Romane schuf.‹ Schön, nicht? Hinter einer Geschichte steckt nicht nur derjenige, der sie schreibt, sondern immer auch jemand, der sie zulässt.«

Sie lächelte unschuldig und griff nach dem nächsten Buch, einem kleinen Bändchen, das erstmals 1943 in New York erschienen war und bis heute Großes bewirkte: *Der kleine Prinz* von Antoine de Saint-Exupéry. »Die Widmung für diese Geschichte ist schon ein wenig länger, und sie hat es in sich«, sagte Lio. »Hier: ›Für Léon Werth. Ich bitte die Kinder um Verzeihung, dass ich dieses Buch einem Erwachsenen widme. Ich habe aber eine gute Entschuldigung dafür: Dieser Erwachsene ist der beste Freund, den ich in der Welt habe. Ich habe noch eine Entschuldigung: Dieser Erwachsene kann alles verstehen, sogar die Bücher für Kinder. Ich habe eine dritte Entschuldigung: Dieser Erwachsene wohnt in Frankreich, wo er hungert und friert. Er braucht sehr notwendig einen Trost. Wenn alle diese Entschuldigungen nicht ausreichen, so will ich dieses Buch dem Kind widmen, das dieser Erwachsene einst war. Alle großen Leute sind einmal Kinder gewesen (aber wenige erinnern sich daran). Ich verbessere also meine Widmung: Für Léon Werth, als er noch ein Junge war.‹«

»Das ist sehr schön. Gab es diesen Léon Werth wirklich?«

»Es gab ihn. Auch er war ein französischer Schriftsteller. Saint-Exupéry war eng mit ihm befreundet. Werth hatte als Soldat im Ersten Weltkrieg gekämpft und war dabei verwundet worden. Das hatte ihn zu einem unbeirrbaren Pazifisten gemacht, und so kritisierte er mutig Kriegstreiber, vor allem die Nationalsozialisten. Als Frankreich dann im Zweiten Weltkrieg von den Deutschen besetzt wurde, floh er aus Paris in die Berge. Wenn man das weiß, wirkt die Widmung im *Kleinen Prinzen* noch ein bisschen intensiver, nicht?«

»Ja, allerdings.«

Lio angelte ein weiteres Buch hervor und schlug es auf. »John Steinbeck, *Früchte des Zorns*. Seine Widmung: ›Carol wollte dieses Buch. Tom lebte es.‹«

Sie schob den Roman ins Regal zurück. »Aber für dich«, sagte sie und ließ den Blick über die Buchrücken gleiten, »habe ich noch ein ganz besonderes Beispiel. Ah, da ist es ja: *Einer flog über das Kuckucksnest* von Ken Kesey. Hier kommt seine Widmung: ›Für Vik Lovell, die mir erzählte, es gäbe keine Drachen, und mir dann ihre Brutstätte zeigte.‹«

Yannis schluckte und starrte Lio schweigend an. Sie klappte das Buch zu und wandte sich ihm zu. »Kennst du die ursprüngliche Bedeutung des Wortes ›widmen‹?«

»Nein.«

»Es heißt so viel wie ›mit einer Morgengabe beschenken‹.«

»Das klingt poetisch.«

»Ja, nicht? Schon antike Autoren wie Hesiod und Archimedes haben ihre Schriften anderen gewidmet. Bis ins 18. Jahrhundert hinein hatten Widmungen allerdings oft einen etwas anderen Sinn als heute. Bücher wurden Kaisern, Adeligen, Bischöfen und überhaupt Menschen mit Geld und Einfluss gewidmet, denn der Schriftsteller bekam noch keine Tantiemen von einem Verlag und hoffte, so mit seinem Werk ein bisschen Geld zu verdienen. Manchen Büchern waren ganze Widmungsbriefe, in denen der Adressat mit Komplimenten überschüttet wurde, vorangestellt. Der Adressat fühlte sich geehrt und auf alle Zeit verewigt und revanchierte sich mit einer Geldspende. Mehr und mehr arteten die Widmungen in Bettelbriefe aus, und manchmal wurde auch kräftig getrickst, zum Beispiel indem ein Buch verschiedene Widmungen bekam: Während des Druckens wurde einfach mehrfach die Druckplatte mit der entsprechenden Seite ausgetauscht, und der Autor hoffte dann, von mehreren Widmungsadressaten Geld zu bekommen.«

Lio stellte das Buch ins Regal zurück. »Heute brauchen sich die Autoren keine spendierfreudigen Gönner mehr zu erschmeicheln, und darum sind die Widmungen privater geworden. Und sie sind eine Chance.«

»Eine Chance?«

»Wer weiß? Auch ein Menschenleben ist eine Geschichte. Und wäre es nicht eine wunderschöne Möglichkeit, wenn man diese Geschichte jemandem widmen könnte?«

Athener Stadtpark

Wem widmest du dein Leben?

Hatte Yannis seine Augen vor der Tragweite dieser Frage zeitlebens verschlossen gehalten? Als er sie nun öffnete, darauf gefasst, vielleicht das erste Mal etwas zu erkennen, fand er sich im Stadtpark auf der alten Bank aus schneeweißem Granit wieder, als habe Lios Denkanstoß ihn direkt hierher geschleudert, während das Geschehen sich für einen Wimpernschlag unbeobachtet gefühlt hatte. Im Park, zwischen Vögeln, die in den Himmel aufflogen, und Menschen, die im Innersten ihrer selbst gelandet waren, schien die Widmung des eigenen Daseins zur Lebensfrage anzuwachsen. Ein Kaninchen in Tarnfarbe kauerte mit angelegten Ohren am Rande des Wahrnehmbaren und scheute seine nächsten Schritte.

Die Widmung, hatte Lio gesagt, hat ihren Wortursprung in der Morgengabe, die man früher auch Wittum genannt hatte. In einer frisch geschlossenen Ehe, besonders im Islam, war die Morgengabe ein Geschenk des Mannes an die Frau – und was sprach dagegen, wenn dieses Geschenk das eigene Leben war? Wer sich jemandem widmete, konnte ein Leben bereichern (oder vielleicht sogar zwei). Das war sozusagen an den Anfang gerückte Vollendung.

Wieso sprach man immer nur den gerade Verstorbenen zu, nun ihr Leben vollendet zu haben? Konnte Vollendung nicht statt eines Endes auch den Anfang von etwas meinen? Kann es sein, dachte Yannis und blinzelte in die Sonne, dass wir heutzutage zu vielen Geschichten ein Ende bereiten und zu wenigen einen Anfang? Gingen wir inzwischen sogar noch einen zerstörerischen Schritt weiter und hatten Wege gefunden, um Dinge zu beenden, noch bevor sie überhaupt begannen? Brachen rechts und links neben dem Pfad der eigenen Lebensgeschichte ignorierte Novellen zusammen, eine Anthologie des Liegengelassenen, Totgeburten, die ins Leben gesetzt wurden und doch schon nicht mehr sein konnten, die noch vor dem Anfang am Ende waren?

Yannis' Gedanken schweiften in das kleine Café in der Nähe. Wie viele Teesorten hatte er dort kennengelernt, obwohl er viel lieber die Kellnerin kennengelernt hätte? Wie viele seiner Berührungen hatte sie nicht bemerkt, weil sie seine Träume nicht verlassen hatten? Wie viele Stunden hatte er hinter dem Tisch gesessen und sie wortlos angesprochen, wenn sie gerade nicht hingesehen hatte? Wie viele Schläge seines aufgeregten Herzens hatte er durch ihren Anblick hinzugewonnen? Wie viele stille Flüche hatte er schon über den langhaarigen Gitarrenspieler gesprochen? Und wie viele liebestrunkene Szenarien hatte er durchgespielt, die allesamt nicht den Weg in die Wirklichkeit des Cafés gefunden hatten? Beendete man nicht so eine Geschichte, noch bevor sie einen Anfang nehmen konnte? Und stellte ihr gewissermaßen ein Bein, wenn sie gerade Anlauf nehmen will, und dann gerät alles ins Stolpern?

»Was, wenn Geschichten frei von Zeit sind?«, hatte Lio gefragt. Vielleicht lag darin eine Chance. Denn wenn Geschichten nicht in der Zeit verankert waren, konnten sie jederzeit aufgegriffen werden und ihre Wirkung entfalten. Schließlich waren Geschichten nicht an einen Montag gebunden, und selten entschwand einmal eine, ohne Spuren zu hinterlassen. Andererseits – wenn eine Geschichte Spuren hinterließ, dann bedeutete das auch, dass sie sich bewegte. Machte man sie nicht zu seiner eigenen, zog sie anderswohin, und falls man ihre Fährte nicht richtig las, würde man vielleicht nicht wieder zu ihr finden. Und so konnte eine Frau, die gerade noch zum Greifen nahe war, im nächsten Moment unerreichbar sein.

Athener Umland

Der große Mann saß auf einem moosbedeckten Stein und zupfte eine leise Melodie auf seiner Leier. Hier, weitab vom Trubel Athens, gab es nur ihn und die Natur, die er so liebte. Keine gepflasterten Wege, die das Leben einengten. Keine Plätze, die nur deshalb welche waren, weil ihnen jemand einen Namen gegeben hatte. Keine Lebenszeit, die am Sekundenzeiger zappelte. Keine Fassaden, denn ein Baum war auch innen er selbst, aber konnte man das von den Menschen immer sagen? Es gab auch keine Pläne, denn die Natur setzte lieber auf das Geratewohl und war damit ein besserer Architekt als der kreativste Baumeister. Keine Formblätter. Keine Ausdehnung um der Ausdehnung willen. Zwischen den alten Bäumen bedeutete Wachstum etwas ganz anderes als in einer keuchenden Metropole. Hier war Ausdehnung noch Entfaltung.

Wenn der Mann das Gras unter seinen Füßen spürte, wusste er plötzlich wieder, dass das Leben nicht nur in Form von Tagen und Jahren wachsen konnte, sondern auch inhaltlich, dass es sich nicht nur vermehrte, indem es länger wurde, sondern auch, indem es in die Tiefe ging. Hier war der richtige Ort für jeden, der Muße nicht mit bloßer Untätigkeit verwechselte, sondern für den Muße Vertiefung bedeutete. In der Natur fand der große Mann seine Wesensmitte.

Die Sonne schien auf ihn herab und wärmte seinen Körper. Ein sanfter Wind fuhr ihm durch die langen schwarzen Haare, die er meistens zu einem Zopf zusammenband, aber hier, wo weit und breit keine Menschenseele war, trug er sein Haar offen und ließ den Atem der Ursprünglichkeit hindurchpusten. Wind war der Beweis dafür, dass die Welt noch Luft bekam.

In den Bäumen zwitscherten die Vögel, doch je intensiver er auf der alten Leier spielte, desto mehr Vögel verstummten und lauschten der Melodie, und selbst die Bäume schienen ihre alten Äste dem Klang der Musik zuzuwenden. Die Blumen und das Gras zu seinen Füßen neigten sich ihm entgegen, als würde ein unsichtbarer Kamm durch die Landschaft fahren und alles Leben auf die Leier zustriegeln. Selbst der Bach, der ein paar Meter von ihm entfernt durch das Gras floss, würde vielleicht seine Richtung ändern und auf die Melodie zufließen, wenn er nur lange genug die Leier zupfte. Und wenn er noch ein wenig länger spielte, könnte womöglich der Stein, auf dem er hockte, zu schmelzen beginnen. Auch die kleinen weißen Wolken, die jetzt noch willenlos der Windrichtung folgten, würden dann vielleicht vom Himmel herabsinken und sich der Musik zuwenden.

Menschen gingen in die Natur, um ihr zu lauschen. Doch wenn der große Mann in die Natur ging, war es umgekehrt, dann lauschte sie ihm. Und er und sein Instrument, ein Geschenk seines Vaters, hatten viel zu erzählen. Manches hatte er verpatzt in seinem Leben, aber was er wirklich beherrschte, war das Leierspiel.

Mit äußerster Behutsamkeit schlug er die alten Saiten aus Rinderdarm an, und der Klangkörper, der vor einer Ewigkeit aus dem Panzer einer Schildkröte gefertigt worden war, verbreitete die sanfte Melodie, als wären Noten kleine schwebende Daunenfedern. Der Mann legte Wert auf leise Töne, denn heutzutage konnte es nie schaden, leise zu sein. Wer in einer Welt voller Getöse und Geschrei noch etwas erwecken wollte, musste schon den Flüsterton wählen, um herauszuragen aus dem Lärm. Vorsichtig zogen seine Finger an den Saiten, und erst als er spürte, dass die Natur um ihn herum wie ein gigantischer Strudel in der Leier zu verschwinden drohte, ließen seine Hände von dem Instrument ab, und die Gräser, Blumen und Bäume fielen wieder in ihre natürliche Haltung zurück.

Er sog die frische Luft ein und lauschte dem Klang des Baches, der nicht weit entfernt aus einem Felsen entsprang und sich von dort aus auf den Weg machte, ein Stückchen Land zu erkunden. Die Vögel brauchten eine Weile, um aus ihrer Trance zu erwachen, bevor sie vorsichtig wieder die ersten Zwitschertöne wagten. Nachdenklich blickte er ins rauschende Grün der Bäume hinauf.

Bäume! Ihre Bewegungen waren so langsam, dass die Menschen lange gebraucht hatten, sie als lebende Wesen zu erkennen und zu begreifen, dass es die Bäume waren, die das Leben auf der Erde ermöglichten, und sie hatten begonnen, die Natur zu schützen und für jeden gefällten Baum einen neuen zu pflanzen. Doch dass die Bäume neben dem Stoff zum Atmen auch noch einen anderen lebenswichtigen Stoff schufen, nämlich den Lesestoff, dessen waren die Menschen sich nicht immer bewusst. Bäume ermöglichten Bücher für alle, und diesen Wert konnte nicht jeder ermessen.

Außer Lio natürlich.

Ja, Lio, die er liebte wie niemanden sonst. Vielleicht, weil er die Natur liebte und weil Lio selbst auch wie ein Naturereignis war. Wenn er in ihre klugen, dunklen Augen blickte, hatte er plötzlich keine Fragen mehr an die Welt, und alles ergab einen Sinn. Wenn sie ihre Hände über die Rücken der Bücher streichen ließ, hier und da eines herauszog, aufschlug und den Text studierte, dann wusste er, dass die Welt so schnell nicht aus den Fugen geraten würde, solange es Lio gab.

Konnte es im Universum ein zärtlicheres Geschöpf geben als sie? Etwas, das so sehr von Sanftheit erfüllt war? Er dachte an ihre schlanken Hände, die schon so viel berührt hatten, so viel Schlimmes ertasten mussten und so viel Poetisches gestreichelt hatten. An ihre aufmerksamen Augen, die keine noch so kleine Bewegung des Lebens übersahen und die Tag für Tag aufs Neue funkelten, egal, in wie viele Abgründe sie bereits geblickt hatten. Wie oft schon hatte Lio in Zeiten schäumender Wut leise und wissend gelächelt, und jedes Mal hatte sie recht gehabt, und der Schaum war wieder in sich zusammengefallen und hatte die Sonne durchgelassen.

Natürlich war Lios Zauber auch anderen nicht verborgen geblieben, und schon einige waren gewissen Versuchungen zu sehr verfallen, aber dafür gab es ja ihn, der auf Lio aufpasste und von ihr fernhielt, was nicht gut war. Ja, er war ihr Beschützer. Niemand sonst durfte Lio so nahetreten wie er selbst, und es war schon vorgekommen, dass seine schützende Hand sehr rigoros eingreifen musste, weil manche von Lios Magie so geblendet waren, dass sie zwischen Vernunft und Unvernunft nicht mehr hatten unterscheiden können. Einige waren von der einzigen Kraft überwältigt worden, die noch größer war als die Leidenschaft: der Gier.

Er blickte versonnen in die Baumkronen und ließ seine Finger über den Hals der Leier gleiten. Lio und die Leier waren die wichtigsten Dinge in seinem Leben, und beides würde er mit allen Mitteln verteidigen. Und wann immer jemand die falsche Geschichte zu seiner eigenen machen wollte, würde auch er zur Stelle sein und auf Lio achtgeben.

Er wusste, dass etwas im Gange war. Ein Mann war auf den Plan getreten und hatte offenbar Dinge vor, die er nicht gutheißen konnte. Es war höchste Zeit einzuschreiten.

Langsam erhob er sich und schnallte sich die Leier auf den breiten Rücken. Mit einem Lederband schnürte er seine Mähne zu einem langen Zopf zusammen. Dann machte er sich auf den Weg zu Lios Laden.

Athener Altstadt

Heute, dachte Yannis, würde er es ihr sagen.

Ganz sicher.

Möglicherweise.

Je nachdem.

Wenn diese schwer zu greifende Anziehung zwischen ihnen tatsächlich Liebe war, dann bestand die Zauberformel der Liebe vielleicht darin, dass man Gefühle laut aussprechen musste, damit sie ihre volle Wirkung entfalten konnten, so wie bei jeder guten Beschwörung. Möglicherweise war der Grund für Lios Zurückhaltung ein geheimnisvoller Fluch, dessen Spielregeln besagten, dass Lio eine Liebe erst erwidern durfte, wenn sie mit deutlich vernehmbaren Worten und sicherer Stimme vorgetragen wurde, und zwar dreimal hintereinander, denn Märchen hatten eine Vorliebe für das Dreimalige. Vorher jedoch war sie dazu verdammt, die Unnahbare zu mimen, und die Prüfung bestand darin, dass nur eine Liebe, die sich unbeeindruckt darüber hinwegsetzte, eine wirklich große Liebe sein könne.

Weniger märchenhaft konnte man auch sagen: Frauen neigten dazu, Interesse zu bekunden, indem sie das Gegenteil vortäuschten. Die Welt war voller Mysterien. Auch ohne Flüche.

Er würde heute ein Ritter sein oder ein Prinz oder sonst jemand, der in Märchen für gewöhnlich eine besonders schwierige Mission zu erfüllen hat. Und der Fluch, den er heute zu bekämpfen gedachte, war der Fluch der Schüchternheit. Mit festen Schritten auf Lio zutreten, »Ich glaube, ich bin verliebt« sagen und abwarten, was passierte – das war sein ausgefeilter Plan, und einen Plan zu haben konnte nicht schaden, wenn man sich im Angesicht einer seeäugigen Frau nicht auf seine Spontaneität verlassen konnte.

Besonders wichtig schien es ihm, Lio sofort, nachdem er den Laden betreten hatte, anzusteuern wie ein Pfeil, der einmal abgeschossen war und sich durch nichts mehr beirren ließ. Ja, er würde ein Pfeil sein. Amors Pfeil sozusagen. Er musste einfach nur genug Dynamik haben, damit er sich nicht selbst noch ausbremsen konnte.

Yannis blieb vor Lios Laden stehen und holte tief Atem. Jetzt würde sein Leben auf den Kopf gestellt, so oder so. Wenn es um Liebe ging, wäre er in wenigen Minuten der zweitglücklichste Mensch der Welt (zum glücklichsten wollte er ja dann Lio machen). Die andere Möglichkeit war, dass die Liebe einer Frau in seinem Leben vielleicht generell nicht vorgesehen war, oder schlimmer noch: dass sie hinter irgendeiner Tür auf ihn wartete, zu der er niemals den Schlüssel finden würde. Dann müsste er als lebender Schatten durch die Welt kriechen und schließlich auf dem einsamen Korridor einer Nervenheilanstalt im Meer seiner eigenen Tränen ertrinken. Das waren verhältnismäßig drastische Lebensentwürfe, also holte Yannis noch ein zweites Mal Luft, bevor er den Laden betrat.

Im Dämmerlicht der Kerzen blieb er wie angewurzelt stehen. Etwas schien verändert, und Lio war nicht zu sehen. Aus der Sache mit dem Pfeil wurde also nichts. Yannis spürte seine Zielstrebigkeit entweichen wie Luft aus einem Reifen.

»Lio?«, murmelte er in die Ungewissheit hinein.

Keine Antwort.

Langsam trat er tiefer in den Laden, und die Tür glitt hinter ihm ins Schloss. Es war sehr still. Und irgendwie wirkte der Laden wie ein vollkommen anderer Ort, fremd und falsch und seltsam leer. Keine Erwartung lag in der Luft, kein Entwurf, keine Idee, keine Fantasie oder Eingebung. Yannis vermisste das literarische Leben, das hier normalerweise auch außerhalb der Buchseiten pulsierte und die Atmosphäre flutete wie geflüchtete Märchen auf der Suche nach einem Zuhause in der Wirklichkeit. Der Buchladen war plötzlich einfach ein Buchladen.

»Lio?«, rief er noch einmal.

Nichts.

Ein drittes Mal traute er sich nicht zu rufen, denn aus vielen Geschichten wusste er, dass jemand, den man sucht, umso wahrscheinlicher verschwunden ist, je öfter man in seinem Haus nach ihm ruft. Yannis trat zwischen die Regale. Irgendwo musste Lio ja stecken. Sie gehörte in den Laden wie der Vogel in den Himmel; nein, sie gehörte nicht nur in den Laden, sie *war* der Laden. Ihm fiel ein, dass er sie noch nie anderswo getroffen hatte.

Im Halbdunkel trat sein Fuß auf etwas. Yannis erstarrte in der Bewegung und blickte auf den Kerzenstummel, der von einem der Regale heruntergefallen war und nun auf der Erde lag wie ein Corpus Delicti an einem Tatort. Ein paar Schritte weiter lagen aufgeschlagene Bücher mit zerknitterten Seiten auf dem Boden wie zerfledderte Leichen.

Niemals würde Lio ihren Büchern so etwas antun. Ein Regal stand schief, als sei jemand mit seinem ganzen Körpergewicht dagegengefallen, aber es hätte schon jemand Schwereres sein müssen als die zarte Lio. Die Regale starrten düster und schienen irgendetwas zu wissen, konnten sich aber nicht mitteilen.

Mit angehaltenem Atem folgte Yannis der Spur der Unordnung. Weitere Bücher waren aus den Regalen gefallen und in den Tod gestürzt. Die Luft war nicht mehr angefüllt mit literarischen Abenteuern, sondern mit echten, gefährlichen. Abenteuer, die sich aus Büchern befreit hatten und nun handgreiflich wurden. Abenteuer, bei denen man nicht mitten im Kampf gegen den Drachen nach dem Weinglas greifen konnte und man nie wusste, ob eine Begegnung mit Wölfen in einem Leben als Wolfskind mündete – oder in einem Massaker. Abenteuer, die keine Seitenzahlen hatten.

Wo steckte Lio?

War eine besonders heimtückische Geschichte, bis an die Zähne mit schlimmen Wendungen und Schrecken bewaffnet, aus einem Buch entwichen und hatte Lio besiegt?

Ein Geräusch! Yannis erstarrte. War das ein leises Knarren gewesen? Und hatte es nicht genauso geklungen wie die morsche Eingangstür? Aber vielleicht hatten auch nur seine Kniegelenke geknarzt.

Er huschte zurück und spähte um ein Regal. Niemand war zu sehen, und die Tür war verschlossen.

Yannis starrte noch eine Weile ins Halbdunkel. Natürlich wusste er, dass in jeder gefährlichen Geschichte der eigentliche Angriff immer erst erfolgte, *nachdem* irgendeine andere, harmlose Sache den Helden zu Tode erschreckt hatte, zum Beispiel eine Katze, die fauchend aus dem Dunkel sprang.

Er trat in einen kleinen Gang zwischen zwei Regalwänden, der auf den Wandvorhang zulief. Überrascht blieb er stehen. Etwas lag auf dem alten Holzboden. Langsam schritt Yannis auf den Vorhang zu und bückte sich zu dem hellen Flecken hinab.

»Ja, was hast du denn hier verloren?«, flüsterte er kopfschüttelnd und streckte vorsichtig den Arm aus.

Das Wesen war etwa so groß wie Yannis' Hand. Auf dem Rücken hatte es große bunte Schmetterlingsflügel, und sein Körper war in einer ausgelassen tanzenden Bewegung erstarrt. Es war eine Fee. Neben ihr lag eine umgestürzte Teetasse, die in der Form eines Blütenkelchs gegossen war.

Jemand hatte die kleine Figur offenbar aus Seidenpapier ausgeschnitten. Das Papier war schon ein bisschen gelb an den Rändern. Yannis zog seine Brieftasche aus der Jackentasche, faltete die kleine Fee zusammen und packte sie vorsichtig hinein, bevor er sich wieder erhob und das kleine Labyrinth aus Regalen sorgfältig durchsuchte.

Lio aber blieb verschwunden.

Athener Altstadt

Die Sonne ging unter, und die Welt hatte ein Rätsel mehr.

Yannis saß in Lios altem Ohrensessel und dachte nach. Wie löste man ein Rätsel? Wie löste man *dieses* Rätsel? Wäre er irgendein berühmter Romandetektiv, dann hätte er ein Streichholzbriefchen gefunden, in das jemand eine Telefonnummer gekritzelt hatte. Sie hätte vielleicht zu einer verruchten Person gehört, und er hätte sie nun besuchen und befragen können, und so hätte er weitere Hinweise bekommen.

Hätte. Was er hingegen *hatte,* war eine kleine, bunte Fee aus Papier. Und dummerweise hatte niemand eine Telefonnummer daraufgeschrieben.

Wie sollte eine Papierfee ihm schon bei der Lösung des Rätsels helfen können?

Natürlich könnte er zur Polizei gehen. Er könnte zum Beispiel sagen: »Da war diese Buchhändlerin, Lio, und sie hat Seeaugen und diese magische Ausstrahlung, und sie hütet da jede Menge Bücher in ihrem Laden, aber ich glaube, sie verkauft sie nicht, na jedenfalls, jetzt ist sie verschwunden, und in ihrem Laden riecht es nicht mehr nach Entdeckergeist und Fantasie, aber sehen Sie her, ich habe diese kleine Fee gefunden, und ich glaube, sie hat etwas mit Lios Verschwinden zu tun, und womöglich haben auch all die Bücher etwas damit zu tun, wissen Sie, und dass sie einfach nur verreist ist, ist eigentlich undenkbar, denn niemals würde sie ihren Laden im Stich lassen und, nun ja, mich vielleicht auch nicht, und wenn in ihrem Laden ein Buch mit zerknitterten Seiten auf dem Boden liegt, dann muss etwas Schlimmes passiert sein, das ist fast wie eine Leiche, verstehen Sie, und darum müssen Sie sie sofort suchen.«

Genauso gut könnte er sich auch direkt für unzurechnungsfähig erklären.

Yannis blickte auf. War da ein Geräusch gewesen? Hatte der alte Holzboden geknarrt? Er hielt den Atem an. Doch nichts war zu hören.

So wenig wusste er von Lio, so wenig über ihr Leben, über ihre Träume und darüber, was sie bewegte. Was sie tat und wer sie war. Wo sollte er anfangen? Yannis spürte eine tiefe Verzweiflung in sich aufsteigen. Er, der Zurückhaltende, der Schüchterne, der Mutlose, hatte nun die Gelegenheit, seine Prinzessin zu retten, und vielleicht auch sich selbst, aber er wusste nicht, welcher Drache sie entführt hatte. Ob sie überhaupt verschleppt worden war. Vielleicht war sie auch tot, oder sie hatte tatsächlich selbst eines der Bücher zu Boden fallen lassen, war aus Versehen hineingestürzt und irrte nun in irgendeiner Geschichte herum, die nicht die ihre war. Bücher können eine mächtig gefährliche Sache sein, das hatte Lio selbst gesagt.

Die Frau, die diese besondere Magie auf ihn ausübte, war fort, entschlüpft wie ein Fisch, und vielleicht würde er sie nie wiederfinden. Und er saß da wie ein Ritter ohne Lanze, ein Detektiv ohne Idee. Losreiten müsste er nun, auf einem wilden Pferd direkt in die Höhle des Drachen hinein.

Stattdessen hockte er in einem Ohrensessel wie ein Häufchen Elend und wusste nicht weiter. Die Realität war eine fiese Sache.

Sein Leben war mit Lio gefüllt worden, und er hatte einen Menschen und seine Gedanken schätzen gelernt wie selten zuvor, doch dieser Mensch war nun fort, und Yannis fühlte sich zurückgeworfen in eine Welt, die für ihn die Rolle des Schüchternen und Tatenlosen vorgesehen hatte, der auf ewig in Cafés sitzen und seinen eigenen Traum aus der sicheren Ecke heraus anschmachten würde. So wie bei der Kellnerin, die zwar nicht verschwunden war, für ihn aber genauso unerreichbar schien und –

Er horchte auf. War da nicht doch ein Knarren? Und hatte nicht gerade jemand geatmet?

Ja, die Dunkelheit, sie konnte sich über einen lustig machen und die Wirklichkeit außer Kraft setzen, genau wie die Literatur mit all ihren Märchen, Geschichten, Unwahrscheinlichkeiten und irrwitzigen Fügungen. Jetzt, wo auch Yannis nichts dringender brauchte als eine Fügung, und sei es nur ein Streichholzpäckchen mit einer Telefonnummer darauf oder eine Karte, auf der jemand mit einem großen roten Kreuz die nächstgelegene Drachenhöhle markiert hatte, gab es nur Leere.

Vielleicht sollte er den Laden noch einmal genauer unter die Lupe nehmen und sich systematisch Notizen machen. Vielleicht musste er viel analytischer an die Sache herangehen, jedes Detail von allen Seiten betrachten, sich nachdenklich am Kopf kratzen und das Kinn reiben, denn so kamen schließlich alle großen Detektive weiter. Sie hockten nicht in Sesseln herum, sie knieten vor kleinsten Spuren und Hinweisen nieder, analysierten, leiteten ab und schlussfolgerten. Sie fanden ein Haar und riefen bedeutungsvoll »Watson!« oder »Ein Taschentuch, schnell!«, oder sie zogen mit einem Bleistift einen unscheinbaren Wollfaden ans Licht und sagten »Sehen Sie das? Das ist die Antwort auf all unsere Fragen«, und der nichtssagende Wollfetzen sprach plötzlich Bände, und schon wurde ein einfacher Faden zum roten Faden für die Ermittlungen. Ja, Romanfiguren waren fein raus.

Etwas war im Laden! Etwas, dessen Geräuschlosigkeit so laut war, dass Yannis erneut hochschreckte. Langsam erhob er sich aus dem Sessel und fixierte die wabernden Rätsel zwischen den Regalen.

»Wer ist da?«, flüsterte er.

Die Schattenteufel schwiegen.

Etwas versteckte sich dort.

Yannis atmete tief durch und starrte in die Regale hinein. Wenn man angespannt war, konnte man schon einmal Geräusche hören, die gar nicht da waren. Das war wie mit den Drachen: Kaum dachte man über sie nach, lauerten sie plötzlich hinter jeder Ecke. Meistens waren es dann doch harmlose Dinge. Jemand hatte seinen Mantel aufgehängt, oder eine Putzfrau stand da und fragte lächelnd, warum man sie so erschrocken anstarrte.

Yannis wusste natürlich, dass es kein Drache war, der Lio verschleppt hatte, und er wusste auch, dass er, um das Rätsel zu lösen, keine Lanze brauchte. Nein, eine ganz andere Waffe würde ihm helfen, und zwar die des Geistes. Und plötzlich fühlte er sich besser, denn das Abenteuer des Denkens lag ihm viel mehr als waffenklirrende Eskapaden. Er war eher ein Held des Scharfsinns als des scharfen Schwerts.

»Was haben Sie hier zu suchen?«, grollte eine tiefe, drohende Stimme hinter ihm.

Yannis fuhr erschrocken herum. Hinter dem Sessel stand ein riesiger Mann mit langem, schwarzem Pferdeschwanz. Über seiner Schulter schaute etwas hervor, das er sich auf den Rücken gebunden hatte. Das war zweifellos der Mann, der von der Straße aus in Lios Laden hineingestarrt und vor seinem Haus gestanden hatte. Und seine funkelnden, schwarzen Augen fixierten Yannis, als ob er sich gleich auf ihn stürzen wollte.

»Ich – bin ein Freund von Lio. Sie ist verschwunden«, stammelte Yannis und wich einen Schritt zurück für den Fall, dass diese Bemerkung vielleicht nicht scharfsinnig genug war, um die Gestalt in die Flucht zu schlagen.

Der große Mann starrte ihn ausdruckslos an.

»Wer sind Sie?«, fragte Yannis.

Der Mann trat hinter dem Sessel hervor, ging an Yannis vorbei und lugte über die Bücherstapel hinweg durch das trübe Fenster auf die nächtliche Gasse hinaus. Das Ding auf seinem Rücken schien eine uralte Zupfleier zu sein.

»Ich bin Eyn«, sagte er.

Zweiter Teil

Eyn

Eyn drehte sich um und blickte Yannis direkt ins Gesicht. Im Mondlicht, das durch das Fenster hinter ihm in den Laden schien, verschwamm die große Gestalt zu einer düsteren Silhouette, aus der nur die Augen schwach hervorstachen. Draußen zirpte eine Grille, ansonsten war es unnatürlich still. Eyn rührte sich nicht und schien damit beschäftigt, sein Gegenüber genau abzuschätzen. Im Gegenlicht wirkte die Leier, die hinter dem Unbekannten hervorschaute, wie eine skurril geformte Waffe. Yannis konnte sich gut vorstellen, dass dieser Mann bei Bedarf ganz andere Saiten aufziehen konnte.

Doch bisher tat er nichts weiter, als Yannis zu fixieren.

»Sie sind Yannis«, sagte er schließlich.

»Woher wissen Sie das?«

»Was glauben Sie wohl?«, knurrte Eyn. »Wann immer Sie im Laden gewesen sind, war ich ganz in der Nähe. Ich hab Lio gefragt, wer Sie sind, und sie hat es mir gesagt.«

»Dann wissen Sie, wo sie ist?«

»Wie kommen Sie darauf?« Der geheimnisvolle Fremde schüttelte den Kopf und wandte endlich seinen Blick von Yannis ab, um sich im Laden umzusehen. »Sieht aus, als habe hier ein Kampf stattgefunden.«

»Eben«, sagte Yannis leise und blickte Eyn misstrauisch aus den Augenwinkeln an.

Der funkelnde Blick glitt zurück in Yannis' Richtung. Die dunklen Augen schienen für einen Moment belustigt. »Ich verstehe. Sie glauben, ich hätte sie weggebracht.«

»Nun, Lio ist weg, stattdessen tauchen Sie hier auf. Und offensichtlich hat Lio Ihnen von mir erzählt.«

»Und?«

Yannis raffte den mutigen Ritter in sich zusammen. »Vielleicht sind Sie eifersüchtig.«

Die Silhouette im Mondlicht erstarrte. Das Zirpen der Grille draußen vor dem Fenster erstarb. Yannis hörte, wie sich eine der Kerzen in den Regalen kurz überschlug, als habe sie sich verschluckt. Wie in einem Roman, dachte er. Vielleicht war sein Leben nun auf Seite 98 angekommen und eben dort sein Ende vorgesehen.

»Verraten Sie mir eins«, zischte Eyn. »Wenn ich Lio fortgeschafft habe – wieso bin ich dann hier?«

Yannis dachte kurz nach. In der Tat schien es nicht besonders schlüssig, dass Eyn Lio weggebracht hatte und dann selber hierher zurückgekehrt war. Andererseits hatte Yannis schon in vielen Krimis gelesen, dass es Täter magisch an den Tatort zurückzog. Zum Beispiel, weil –

In einem Reflex glitt seine Hand nach oben und legte sich an die Jackentasche, in die er eben seine Geldbörse gesteckt hatte.

»Vielleicht haben Sie etwas verloren und wollten es holen?« Der Schatten vor dem Fenster schien ein wenig anzuwachsen. Eyns Blick war Yannis' Handbewegung gefolgt und blickte nachdenklich auf die Brusttasche. Langsam trat er zwei Schritte auf Yannis zu.

»Und was sollte das sein?«, fragte er und ließ den Blick nicht von Yannis' Hand, die sich so fest gegen die Jackentasche presste, als müsse sie das verräterische Flattern aufgeregter Papierflügel ersticken.

»Ich weiß nicht«, stammelte Yannis. »Vielleicht irgendeinen Beweis, dass Sie hier waren und Lio mitgenommen haben.«

Eyn hob den Kopf und starrte Yannis in die Augen. Er dachte über etwas nach. Yannis ließ seine Hand so unauffällig wie möglich sinken.

»Sie haben eine blühende Fantasie«, sagte Eyn schließlich. Er nickte. »Das ist gut.« Draußen begann die Grille wieder zu zirpen.

»Wo ist Lio?«, fragte Yannis.

»Das ist eine spannende Frage. Sagen Sie es mir!«

»Ich glaube, Sie haben sie.«

Eyn kniff die Augen zusammen. »Vielleicht habe ich Ihre Fantasie doch überschätzt.« Er schritt an Yannis vorbei und ging auf den Ausgang zu. An der Tür drehte er sich noch einmal um. »Wenn Sie zu Lio finden wollen, müssen Sie schon ein bisschen über sich hinauswachsen. Falls Sie dazu bereit sind, kann ich Ihnen vielleicht weiterhelfen.«

Die Tür schwang auf, und Eyn glitt in die Nacht hinaus.

Athener Stadtpark

In Zeiten großer Verwirrung zog es Yannis in den Park. Hier fanden seine Gedanken genug Platz, um umherzuschlendern, ohne seinem Inneren Schaden zuzufügen. In den letzten Tagen war allerlei Unerklärliches passiert, da konnte es nicht schaden, dem Denken ein wenig frische Luft zu gönnen.

Als Yannis auf den Teich zuschlenderte, der in der Mitte des Parks ruhte wie eine Welt in einer anderen, stutzte er. Am Ufer des Sees saß eine Gestalt im Sand und blickte versonnen auf die Wasseroberfläche. Gedankenverloren spielte ihre Hand mit ein paar Haarsträhnen. Es war das Mädchen mit den blutenden Füßen, das Yannis am Strand getroffen hatte.

Als Yannis langsam näher trat, sah er, dass sie ihre Lippen bewegte. Sie schien ein stummes Lied zu singen.

»He«, flüsterte er, als er schließlich neben ihr stand, aber sie schien ihn nicht zu bemerken und starrte weiter auf den Teich. Yannis setzte sich neben sie in den Sand und blickte sie eine Weile schweigend an. Sie war blasser als bei ihrer ersten Begegnung, und ihre dunklen Haare wirkten verfilzt. Sie trug noch immer diesen merkwürdigen hellblauen Stoff, aber nun war er dreckig und an einigen Stellen eingerissen und schien, wie auch ihre Haut, irgendwie fahl geworden zu sein. Ihre Pupillen fixierten keinen festen Punkt auf dem Teich, sondern tänzelten leicht umher, als würden sie einen unsichtbaren Mückenschwarm über der Wasseroberfläche beobachten. Ihr Körper bewegte sich als untrügliches Anzeichen innerer Zerrissenheit in einer sanften Bewegung vor und zurück. An ihren nackten Fußsohlen sah Yannis kleine Blutkrusten.

»Ich bin's«, sagte er leise.

Sie sang weiter lautlos vor sich hin und starrte auf das Wasser.

»Hast du die zwitschernden Fische gefunden?«, fragte er.

Für einen Moment krallten ihre Finger sich ein wenig fester in den Sand, aber ihr Körper wiegte weiter hin und her. Ihr stummer

Singsang schien sich direkt an den Teich zu wenden. Ein paar Passanten schlenderten vorbei, aber niemand wirkte verwundert.

»Was ist mit deinen Füßen? Darf ich dir ein paar Schuhe besorgen? Wollen wir vielleicht eine Wundsalbe kaufen?«, fragte Yannis.

Sie summte.

»Hast du deinen Freund gefunden?«, fragte er.

Sie hielt inne. Ihr Finger glitt durch den Sand zu ihren Füßen.

»Vögel«, schrieb sie und schaute enttäuscht auf das Wort.

»Vögel?«

Endlich drehte sie ihm ihr Gesicht zu. Ihre Augen waren die eines entmutigten Mädchens. Dann schrieb sie wieder auf den Boden. »Die zwitschernden Fische. Realistisch betrachtet sind sie nicht mehr als Vögel.«

Sie zuckte mit den Schultern.

Yannis spürte, dass in ihrem Inneren eine Menge Bewegung war.

Das Mädchen schien kurz zu zögern, dann fuhr ihr Finger schnell und aufgeregt durch den Sand: »Das Meer ist wie eine gute Geschichte. Es hat Tiefe. An Land gibt es keine Tiefe. Alle stehen mit beiden Füßen auf dem harten Boden der Realität. Wo sollen sich da zwitschernde Fische entfalten? Du musst Lio finden, egal wie, hörst du?«

»Lio?« Yannis spürte, wie ihm ein Schauer über den Rücken lief. »Du kennst Lio? Was weißt du über sie?«

»Ich weiß nichts. Du weißt alles.«

»Aber sie ist verschwunden.«

»Ja«, kritzelte sie und wandte den Blick wieder in Richtung Wasser.

»Hör mal, ich –«

Sie sah ihn an.

»Du musst«, schrieb sie dann, »den Weg weitergehen, den du betreten hast, verstehst du?«

»Nein, ich fürchte nicht.«

»Finde Lio.«

»Wieso kennst du sie?«

»Du kennst sie doch auch.«

»Ja, aber –«

Sie unterbrach ihn mit einer Handbewegung. »Ich kann nur bleiben, wenn die Dinge ineinanderfließen.«

Sie schüttelte den Kopf. Ihre Hand wischte den Sand glatt und schrieb wieder. »Meine Gedanken. Sie werden konfuser. Geh weiter deinen Weg und lass dich nicht aufhalten, nur weil sie unerreichbar scheint. Eine Passion, du hast doch eine, oder?«

»Eine Passion? Ich weiß nicht.«

»Meine Gedanken gleiten mir davon. Vielleicht löse ich mich gerade auf. Wie meine Fußabdrücke. Das wäre komisch, oder? Alles ist so wirr, nicht?«

»Ja, das ist es. Sag mir, weißt du, wo ich Lio finden kann?«

»Das kann ich dir nicht sagen«, schrieb sie. »Wo du sie findest, musst du schon selbst entscheiden.« Offenbar hatte sie Gefallen an absurden Sätzen.

Mühsam stemmte sie sich in die Höhe. Als sie stand, schien sie kurz um ihr Gleichgewicht zu ringen. Mit einer fahrigen Bewegung klopfte sie sich den Sand aus den Händen und aus dem hellblauen Stoff, mit dem sie bekleidet war. Vorsichtig machte sie einen wackeligen Schritt und dann noch einen. Sie schien nicht zufrieden mit dem Ergebnis. Dann ging sie auf unsicheren Beinen davon. Ihre Füße hinterließen keine Spuren mehr.

Athen

Die Welt war bis zum Bersten gefüllt mit lebendigen Geschichten, verkörpert durch bizarre Gestalten. In halb Europa krochen monströse Basilisken durch die Unterwelt und versteinerten mit ihrem Blick ihre Feinde. Lindwürmer hausten in den Bergen der Welt und verbreiteten Angst und Schrecken. Durch die schottischen Wälder streifte Baobhan-Sith, die unwiderstehliche Vampirin, die unvorsichtige Männer leertrank. Ebenfalls in Schottland lebte ein Ungeheuer in Loch Ness und hielt die Fantasie der Menschen auf Trab, so wie etliche Seeungeheuer in amerikanischen Seen, zum Beispiel der Ogopogo, der im kanadischen Okanagan-See hausen soll. Schon die Ureinwohner hatten lebende Tiere in die Fluten geworfen, um den schlangenartigen Ogopogo abzulenken und den See mit ihren Kanus unbeschadet überqueren zu können.

Tief im Sand der mongolischen Wüste Gobi hauste der schreckliche rote Todeswurm, der Menschen tötet, indem er sich vor ihnen aufstellt und sie mit Gift bespritzt – der Glaube an dieses Wesen hatte schon mehrere Suchexpeditionen nach dem Wurm ausgelöst. Am Amazonas sind ganze Indiodörfer umgesiedelt aus Angst vor dem grausamen Mapinguari, einem menschenfressenden Etwas, das nachts grausame Geräusche von sich gibt und gegen Gewehrkugeln immun sein soll. In Lateinamerika sorgte der Chupacabra für Angst und Schrecken, der Ziegensauger, eine rätselhafte Kreatur mit stacheligem Rücken und schwefeligem Gestank, die Ziegen und Federvieh bis auf den letzten Tropfen Blut leertrank. An den Landstraßen Australiens wurde immer wieder der Yowie gesichtet, ein riesiges Wesen, halb Mensch und halb Affe.

Einhörner durchstreiften die Wiesen und Lichtungen und trugen so viel Magie und Gutes in sich, dass ihr Horn im Mittelalter hoch gehandelt und Königsthrone daraus geschnitzt wurden: Dafür hatten viele Narwale sterben müssen, deren Stoßzähne zufällig so aussahen, wie Menschen sich das Horn eines Einhorns vorstellten. Waldgeister, Schrate und Kobolde machten jede Wanderung in der Natur zu einem Erlebnis der besonderen Art. Yetis und Bigfoots beherrschten die schneebedeckten Gipfel der Welt. Poltergeister hausten in den Häusern, Spukgespenster in den Ruinen alter Schlösser und Burgen und die Zahnfee in der Vorstellung der Kinder. Über den Köpfen der Menschen lebten Engel und Dschinn, unter ihren Füßen Wurzelwichte, Zwerge und Bergmännchen und in ihren Träumen das schönste aller Märchen, die große Liebe.

Heerscharen von kleinen Elfen hatten auf Island ihr eigenes Reich errichtet, und wenn das Bauministerium dort eine neue Straße durch die Natur sprengen wollte, passte es sorgsam auf, dass kein Felsen zerstört wurde, der die Behausung eines Elfenvolkes sein könnte. Eine spezielle Elfenbeauftragte hatte eine »Karte der verborgenen Welt« erstellen lassen und trug Sorge, dass den kleinen Naturgeistern kein Schaden zugefügt wurde – die Elfen haben die Menschen Respekt vor der Natur gelehrt.

All diese Wesen aber schienen Yannis klein und nichtig zu sein im Vergleich zu Lio, deren Rolle in diesem komplizierten Kosmos er noch nicht durchschaut hatte. Eine Antwort würde er am ehesten in ihrem Laden finden – oder in seiner Jackentasche. Ob eine Fee ihm auch dann den Weg weisen konnte, wenn sie nur aus Seidenpapier ausgeschnitten worden war?

Auf dem Weg zu Lios Laden sah er sie. Sie stand mit hängenden Schultern auf der anderen Straßenseite an einer Hausmauer und starrte gedankenverloren auf den Bürgersteig. Passanten eilten vorbei und schienen sie nicht zu bemerken. Die blonden Haare waren fransig und fielen ihr ins Gesicht. Für einen Moment hob sie den Kopf und blickte irritiert um sich, und ihre Lippen schienen eine Frage zu formulieren, von der sich niemand angesprochen fühlte und die ungehört und unbeantwortet im Nichts verhallte. Enttäuscht senkte sie ihren Blick wieder auf den Boden.

Ihre Hände waren leer. Anscheinend waren ihr die Streichhölzer ausgegangen.

Athener Altstadt

Der merkwürdige Besucher stand plötzlich im Buchladen, als Yannis gerade durch die Bücherreihen ging und nach Hinweisen suchte, die ihm bei der Suche nach Lio weiterhelfen könnten. Er hatte nicht einmal gehört, dass die morsche Ladentür aufgegangen war.

Der Mann war mittleren Alters und hatte eine Knubbelnase. Seine Augen lagen tief in den Höhlen, als seien sie auf der Flucht, und dieser Eindruck wurde verstärkt durch die buschigen Augenbrauen, unter denen die Pupillen wie scheue Erdmännchen aus ihren Höhlen hervorlugten. Er hatte einen grauen, lockigen Bart, der ihm bis zur Brust reichte, und dunkle, nach hinten gekämmte Haare. Mit seiner Kleidung schien etwas nicht zu stimmen, aber Yannis wusste nicht, was es war. Mit hängenden Armen stand der Besucher im Raum und sah Yannis unsicher an.

»Kann ich Ihnen helfen?«, fragte Yannis, und nachdem er dem Blick eine Weile standgehalten hatte, räusperte er sich leise.

Der seltsame Kauz zuckte zurück und blickte sich suchend um.

»Wo ist Lio?«, fragte er dann.

»Sie ist für eine Weile nicht hier«, antwortete Yannis vorsichtig. »Ich vertrete sie solange. Was kann ich für Sie tun?«

Der Mann kniff misstrauisch die Augen zusammen und starrte Yannis ungläubig an. »Nicht hier? Was soll das heißen?«

»Sie – nun, sie macht Urlaub. Möchten Sie ein Buch kaufen? Wie wäre es mit einem Roman?«

Der Besucher sagte eine Weile nichts, und seine Augen suchten den Laden ab, als könne er nicht glauben, dass Lio nicht da sei.

»Urlaub? Und Sie vertreten sie, wie?«

»Stimmt genau.«

Zögernd blickte der Mann ins Leere.

»Ich will aber lieber Lio sprechen«, maulte er dann.

»Das kann ich sehr gut verstehen. Aber seien Sie sicher, dass auch ich Ihnen weiterhelfen kann.«

»Weiterhelfen?« Für einen Moment blickte der Mann Yannis so hoffnungsvoll an wie ein kleiner Junge, dem soeben ein neues Spielzeug versprochen worden war.

»Ich verkaufe Ihnen, was immer Sie wollen«, lächelte Yannis versöhnlich und breitete einladend die Arme aus.

Das Gesicht des Mannes fiel wieder zusammen und wurde blass. Plötzlich war seine Stimme verändert, beinahe panisch. »Gut, lassen Sie mich nachdenken. Was können Sie mir empfehlen? Einen Roman, sagten Sie? Haben Sie einen da?«

»Nun, das ist ein Buchladen.«

»Ein Buchladen? Nun, wann ist Lio wieder zurück? Nichts gegen Sie, wissen Sie – nur, Sie weiß am besten, was zu mir passt. Das verstehen Sie doch sicher. Wann ist sie wieder da?«

»Hat sie nicht gesagt.«

»Oh. Nicht gesagt. Ach, wissen Sie was, am besten komm ich einfach irgendwann wieder und schau, ob sie da ist. Das wird am einfachsten sein. Schließlich kann sie ja nicht ewig im – Urlaub sein, hab ich recht?«

Hektisch schaute er sich um. Es schien Yannis, als hätte der Mann Angst.

»Vielleicht sagen Sie mir Ihren Namen, ich richte Lio dann aus, dass Sie hier waren und ein Buch kaufen wollten.«

»Kaufen? Ein Buch?«

»Nicht?«

»Sagen Sie Lio, dass ich hier war und wiederkommen werde.«

»Kein Problem – wenn Sie mir Ihren Namen verraten.«

»Meinen Namen, ja.« Er blickte unschlüssig auf die zahllosen Buchrücken und kam schließlich zu einer Entscheidung. »Sagen Sie einfach, Tolstoi war hier.«

»Tolstoi? Sie meinen – wie der russische Schriftsteller?«

Die Augen des Mannes verengten sich wieder. »Sie haben schon von Tolstoi gehört?«

»Nun, ich habe gerade gestern angefangen, *Anna Karenina* zu lesen. Ist das nicht ein Zufall?«

»*Anna Karenina*? Sie kennen *Anna Karenina*?« Der Besucher wurde wieder blass.

»Nun, kennen ist vielleicht zu viel gesagt. Ich habe ja gerade erst mit dem Lesen angefangen.«

»Wie ist es so?«

»Großartig«, sagte Yannis, obwohl das Buch sich bisher eigentlich eher erfolglos um seine Gunst bemüht hatte und er gleich in den ersten Kapiteln über unzumutbar lange russische Namen gestolpert war. Erst irgendwann nach Seite 70 war Anna, die Hauptfigur, aus dem St. Petersburger Zug aus- und in die Handlung eingestiegen. Vorher waren die Geschehnisse nach seiner Empfindung dahingeronnen wie Harz an einem Baumstamm. Der Autor schien sich für seine eigene Geschichte und ihren Fortgang nicht sonderlich zu interessieren, und Yannis hatte das Buch schon ins Regal zurückstellen wollen. Doch dann war eine Frau auf den Plan getreten, und plötzlich hatte Tolstoi sich überschlagen mit lustvollen Beschreibungen: schwarzes, lockiges Haar, Schultern wie aus Elfenbein, zarte Handgelenke, ein nachdenkliches Lächeln auf den schwungvollen Lippen, verwirrende, zärtliche Augen, eine Frau mit eindringlicher Ausstrahlung, ihr »ganzes Wesen von irgendeinem Zuviel erfüllt« – Anna Karenina, für die man sich bereit erklärt hatte, einen fast tausendseitigen Wälzer zu lesen, war eingetroffen und bereit, eine Geschichte in ein Abenteuer zu verwandeln, das nicht nur schüchtern beäugt, sondern in Angriff genommen werden wollte – ein Angebot, das Yannis merkwürdig vertraut vorgekommen war. Und endlich schien auch Tolstoi selbst zu erwachen und Anteil zu nehmen an seinem eigenen Handlungsentwurf. Weiter war Yannis allerdings noch nicht gekommen, und er fürchtete, dass das Buch nach der Ankunft Annas im Bahnhof von Moskau wieder in die bis dahin herrschende Monotonie zurückfallen könnte, weil Tolstoi Anna vielleicht einfach am Bahnsteig stehen ließ, statt sie zum lebendigen Bestandteil seiner Geschichte zu machen.

»Es ist große Literatur! Klar gezeichnete Charaktere, toller Spannungsbogen!« Yannis nickte eifrig und hoffte, dass das Buch diesen Anspruch im weiteren Verlauf noch erfüllen würde. »Die Handlung springt einen nicht gleich mit viel Getöse an, sie entwickelt sich – mit Bedacht.«

Der Mann kratzte sich nachdenklich hinter dem Ohr.

»Vielleicht möchten Sie es kaufen«, schlug Yannis schließlich vor und deutete einladend auf eine der Buchreihen.

Erschrocken fuhr der Mann zurück, und mit bleichem Gesicht hob er beide Hände und winkte ab.

»Wo denken Sie hin! Also, es ist wohl besser, wenn ich mich jetzt auf den Heimweg mache. Vergessen Sie nicht, Lio meine besten Grüße auszurichten, wenn sie wieder zurück ist.«

»Das mach ich sehr gern.«

»Gut, gut. Wiedersehen. Lassen Sie nur, ich finde alleine hinaus.«

Anna Karenina trug vielleicht ein Geheimnis in sich.

Nach dem Besuch des merkwürdigen Mannes mit der Knollennase hatte Yannis sich Tolstois Roman noch einmal aus dem Regal genommen und die nächsten Kapitel gelesen, und nun kauerte er in Lios altem Sessel und starrte auf den Einband. Anna Karenina, die so zerbrechlich schien und doch gleichzeitig so stark, hatte sich den gesellschaftlichen Konventionen entzogen. Inmitten einer Welt voller Regeln war sie die auf Abwegen wandelnde Schöne. Eben eine typische Frauengestalt in einem Roman, fast wie –

Die schöne Frau, welche die Norm durchbricht, das ist auch die Geschichte von Effi Briest, einer Romanfigur von Theodor Fontane. Auch sie scheitert an der Gesellschaft, auch sie ist eine Ehebrecherin – und ist das nicht auch die Geschichte von Marie aus *Woyzeck* von Georg Büchner? Und erinnern diese Geschichten nicht an das Schicksal von Gretchen in Goethes *Faust*, jener anmutigen Schönen, die – sitzen gelassen und geächtet – voller Verzweiflung ihr uneheliches Kind tötet?

Yannis spürte, wie eine Gänsehaut über seinen Rücken zog. In einem der bekanntesten Romane der französischen Literatur, *Madame Bovary* von Gustave Flaubert, lässt sich die Hauptperson Emma von einem reichen Grundbesitzer verführen, beginnt erst eine Affäre mit ihm, dann mit einem anderen Mann, und stürzt dabei ihre eigene Familie in den Ruin. Anna Karenina, Effi Briest, Marie, Gretchen und Emma Bovary – warum nur waren diese weltberühmten Frauen aus der Literatur sich so ähnlich?

Yannis starrte die schweigenden Buchrücken an. Eine Fantasie, die bei seinem ersten Besuch in Lios Laden seinen Kopf eingenommen hatte, kehrte nun zurück. Was, wenn dieser Laden überhaupt kein Geschäft war, sondern ein ganz besonderer Ort der Begegnung? Wenn Lio eine Art Schäferin war und ihre Herde aus Büchern bestand, die sie hütete wie den wertvollsten Schatz dieses

Universums? Und wenn dies hier ein Ort war, an dem Romanfiguren aus unterschiedlichen Büchern sich treffen konnten? Anna Karenina, Effi Briest und die anderen Frauen waren sich deshalb so ähnlich, weil sie sich untereinander ausgetauscht hatten, hier in Lios Laden.

Sein Blick glitt zu der Eingangstür, die sich immer von alleine zu öffnen und zu schließen schien, wenn er durch sie hindurchtrat. »Wenn Bücher Schöpfungen sind, ist die Welt vielleicht das größte Buch«, hörte er Lios Stimme in seinem Kopf. Das hatte sie gesagt, nachdem er das erste Mal durch diese Tür getreten war. Wechselten wir im Leben nicht irgendwie auch zwischen Büchern hin und her, schnupperten mal hier rein und mal dort? Mal begleiten wir die Geschichte eines anderen Menschen für eine Weile, vielleicht sogar bis zum Ende – und mal geben wir Menschen in unserer eigenen Geschichte eine Neben- oder sogar eine Hauptrolle. Manchmal, dachte Yannis, finden wir in solchen Büchern wieder andere Bücher und springen von einem ins nächste, und die Geschichte, der wir dabei auf halber Strecke den Rücken zudrehen, läuft dann ohne uns weiter und nimmt deshalb wahrscheinlich einen anderen Verlauf. So flossen Leben ineinander wie Geschichten, die sich gegenseitig beeinflussten und um Eindrücke und Erfahrungen bereicherten.

Hatte er, als er den Laden zum ersten Mal betreten hatte, nicht das Gefühl gehabt, die Ladentür sei wie ein Buchdeckel, der auf merkwürdige Weise ins Innere des Buches hineinschwang?

Sein Herz begann wie wild zu schlagen. Wenn man die Perspektive änderte und die Tür vom Ladeninneren aus betrachtete, schwang sie einem entgegen – wie ein Buchdeckel: Was, wenn er, als er in den Laden getreten war, nicht in ein Buch hineingetreten war – sondern aus einem *heraus*? Wenn sein eigenes Buch in Lios Laden stand wie all die anderen Bücher hier auch, er einfach den Buchdeckel seines Lebens aufgedrückt hatte und direkt in Lios Welt hineingefallen war?

Und was, wenn Lio wiederum ihr Buch verlassen hatte und deshalb nicht mehr hier war? Yannis' Blick glitt die unendliche Zahl von Büchern entlang, die sich in den Regalen stapelten. Wenn sie ein anderes Buch betreten hatte, würde er sie niemals wiederfinden.

Aber auch die Frauengestalten von Tolstoi, Flaubert und den anderen waren ja, falls sie sich in Lios Laden ausgetauscht hatten, letztlich in ihre eigenen Geschichten zurückgekehrt, und genau dort waren sie dann –

Seine Hände begannen zu zittern. Sie alle hatten das Ende ihrer eigenen Geschichte nicht überlebt, hatten Selbstmord begangen, waren ermordet worden oder an gebrochenem Herzen gestorben. Würde Anna Karenina ein ähnliches Schicksal erleiden? Langsam klappte Yannis den hinteren Teil des Buches auf seinem Schoß auf. Doch was er auf den letzten Seiten von Tolstois Werk erblickte, ließ ihm den Atem stocken. Sie waren leer. Yannis blätterte zurück, bis er das Textende fand.

Die Geschichte brach mittendrin ab, und darunter stand ein Satz, der ganz sicher nicht hierher gehörte: »Wo ist Lio???«

Athen

Es war schon fast Mitternacht, aber Yannis saß bei Kerzenlicht in seinem Sessel zwischen den Bücherregalen und grübelte vor sich hin, als ein merkwürdiges Geräusch seinen Weg durch die Dunkelheit der Wohnung und die geschlossene Zimmertür hindurch bis an sein Ohr fand und ihn hochschrecken ließ. War das ein leises Klopfen gewesen? Yannis hielt den Atem an, um besser hören zu können. Aber es war totenstill in der Wohnung.

Als er wieder ausatmete und den Blick Richtung Fenster schweifen ließ, hörte er ein Knarren, als hätte jemand im Wohnungsflur seinen Fuß auf die einzige morsche Diele gesetzt. Noch bevor Yannis sich aus seiner Erstarrung lösen und aus dem Sessel hochstemmen konnte, glitt die Zimmertür langsam auf, und aus dem dunklen Schlund des Flurs erschien eine mächtige Gestalt im Türrahmen.

»Was fällt –«, begann Yannis.

»Ich habe geklopft«, sagte Eyn und zuckte mit den Schultern.

»Wie sind Sie hereingekommen? Die Wohnungstür war abgeschlossen!«

»Wenn Sie herausfinden wollen, was mit Lio passiert ist, sollte Ihr Denken nicht vor abgeschlossenen Türen halt machen«, knurrte Eyn. »Und falls Sie sie jemals wiedersehen wollen, bleiben Sie mucksmäuschenstill in Ihrem Sessel und hören mir sehr genau zu.«

Eyn schritt durch den Raum, trat, wie schon in Lios Laden, ans Fenster, wo sein Körper wieder zu einer geheimnisvollen Silhouette wurde, und drehte Yannis den Rücken zu. Offenbar hatte er ein Faible für pathetische Szenen.

»Ich weiß, dass Sie denken, ich hätte Ihnen Lio entzogen. Aus Ihrer Sicht ist das die offensichtlichste Erklärung. Aber nicht immer ist das Offensichtliche auch schon die Wahrheit. Manchmal muss man die Oberfläche verlassen und tiefer gehen.«

»Was Sie nicht sagen.«

»Wollen Sie nun herausfinden, was hier passiert, oder nicht?«

»Natürlich will ich das.«

»Für die Lösung mancher Rätsel lautet der Schlüssel Fantasie. Denken Sie bunter. Lassen Sie zu.«

»Nun, überraschen Sie mich.«

»Kein Problem.« Eyn drehte sich zu ihm um. »Wir beginnen mit einer kleinen Geschichte, die 1849 spielt. Oder eigentlich endet. Und wie so viele Episoden des Lebens endet sie in einem Krankenhaus. Unterbrechen Sie mich nicht, hören Sie einfach zu.«

Baltimore 1849

Der Patient schrie schon wieder nach Reynolds.

Seit er in das Krankenhaus von Baltimore gebracht worden war, redete er im Fieberwahn, und kein einziger seiner Sätze folgte irgendeiner grammatikalischen Regel oder ergab sonst wie einen Sinn. Er faselte unzusammenhängende Wortfetzen, stockend und flüsternd, als ob er auf sich selber einreden würde oder auf die Zimmerdecke. Manchmal drehte er leicht den Kopf und raunte verstümmelte Satzteile ins Kopfkissen, in denen von einer Leier die Rede war. Sein Blick irrte orientierungslos im Krankenzimmer umher und fand nirgends Halt. Und seit dem frühen Abend rief er immer wieder nach Reynolds.

Vier Tage zuvor hatten sie ihn in der Gosse gefunden, mit wirrem Haar und ungewaschenem, aufgedunsenem Gesicht. Seine leeren Augen hatten unter einem verfallenen Hut aus Palmblättern hervorgeguckt, welcher der Größe nach zu schließen nicht sein eigener war, und auch das zerrissene Hemd, in dem er steckte wie eine Wurst in einer aufgeplatzten Pelle, war nicht seins. Man vermutete, dass er Halunken in die Hände gefallen war, denn in Baltimore fanden gerade Wahlen statt, und Schlepperbanden hatten sich darauf spezialisiert, Unschuldige in die Wahllokale zu zerren und sie dort zu zwingen, ihr Kreuz neben einen bestimmten Abgeordnetennamen zu setzen, und wenn sie schon mal dabei waren, nahmen sie ihre Opfer auch gleich aus und ließen sie irgendwo in der Gosse zurück. Der Mann war außerdem Alkoholiker und deshalb für die Wahlhäscher womöglich leichte Beute gewesen.

Derselbe Mann war kaum eine Woche davor am Hafen von Richmond gesichtet worden, in anständigem Rock und Krawatte, und allem Anschein nach wollte er sich nach Philadelphia einschiffen. Stattdessen lag er Tage später in der Gosse in Baltimore und nun in einem Krankenhaus.

Die Krankenschwestern hatten den wirren Zeitgenossen in ein Bett gepackt und ihn, so gut es ging, mit Medikamenten versorgt. Er hatte sich nicht gewehrt und sich wie eine Puppe ins Bett hineinbiegen und zudecken lassen. Dann hatten die Schwestern den Arzt geholt, und dessen Gesicht war nach einem kurzen Blick auf den Patienten blass geworden. Nachdem er eine Weile nachdenklich auf seiner Unterlippe gekaut und den Mann betrachtet hatte, hatte er sich zu den Schwestern umgedreht und gesagt: »Meine Damen, ich vermute, Sie wissen nicht, wen wir hier vor uns haben.«

Und die Schwestern, jung und an der Literatur und ihren Akteuren wenig interessiert, hatten den Kopf geschüttelt, und der Arzt hatte gesagt: »Es erschüttert mich, ein solches Talent in einem Zustand vorzufinden, der so gut zu seinen eigenen Kurzgeschichten passt. Dieser Mann hier ist kein Geringerer als der große Edgar Allan Poe.«

Eyn schwieg und blickte Yannis prüfend an. Als dieser keine Anstalten machte, etwas zu sagen, fuhr er fort: »Poe starb, gerade einmal 40 Jahre alt, kurz darauf in diesem Krankenhaus, ohne aus dem Delirium wieder erwacht zu sein. In Amerika war er seinerzeit nicht beliebt. Er galt als Trinker und genoss als Schriftsteller nur wenig Anerkennung. Dass ihn heute jeder kennt, verdanken wir unter anderem dem französischen Schriftsteller Charles Baudelaire, der Poes Werke übersetzt und ihn so in Europa nach dessen Tod berühmt gemacht hat. Zu seinen Lebzeiten allerdings hatte er nur einen einzigen Erfolg: ein Schulbuch über Muscheln und Schnecken.«

»Poe hat ein Schulbuch geschrieben?«

Eyn drehte Yannis wieder den Rücken zu und blickte durch das Fenster in die Nacht hinaus. Dann schüttelte er den Kopf. »Das wäre schön gewesen. Das Buch wurde, um die Auflage in die Höhe zu treiben, unter seinem Namen verkauft. Doch Poe schmückte sich mit fremden Federn: In Wahrheit hat er nur das Vorwort für dieses Buch geschrieben. Leider kann ich Ihnen auch über Poes einzigen Roman, *Der Bericht des Arthur Gordon Pym,* nicht viel Schmeichelhaftes sagen: Ungefähr ein Drittel dieser Seemannsgeschichte hat Poe bei anderen Autoren geklaut.«

Yannis schwieg nachdenklich. So etwas über einen Mann zu hören, der heute zu den größten amerikanischen Autoren gezählt wurde, hatte er nicht erwartet. Außerdem war er vor Kurzem erst eindringlich vor Männern gewarnt worden, die Arthur hießen.

»Nebenbei gesagt: Südsee- und überhaupt maritime Romane waren zu dieser Zeit sehr modern. *Die Schatzinsel, Moby Dick, Der Seewolf,* Geschichten über die Meuterei auf der Bounty – all diese Bücher, die die Südsee mystifizierten, entstanden im 19. Jahrhundert. Es waren Schriftsteller und Maler, die in ihren Werken die Südsee zum Paradies stilisierten. So wie Paul Gauguin. Nachdem er bereits in Panama mit seinem Vorhaben gescheitert war, ›wie ein Wilder zu leben‹ und er aus Geldmangel eher wie ein Wilder am Bau des Panamakanals mitschuften musste, reiste er gleich weiter nach Martinique, wo er ›ein schönes Land mit einem leichten und billigen Leben‹ zu finden glaubte.«

Eyn schüttelte den Kopf. »Die Realität war leider anders: Gauguin litt bei seinen Aufenthalten in der Südsee an Malaria, Ruhr und Geldmangel, es gab Todesfälle in seiner Familie, und er versuchte, sich das Leben zu nehmen. In dieser Zeit entstanden seine berühmten Tahiti-Bilder – strahlend bunte Farben, leicht bekleidete Menschen, paradiesische Szenen.« Eyn machte eine abwartende Pause, aber als Yannis schwieg, fuhr er fort: »Gauguin malte – nicht die reale Welt, sondern eine Fiktion. So wie viele andere Maler, die ihre Pinsel schwangen, als die Südseeinseln kolonialisiert wurden – und statt Palmen lieber Pinien und Zypressen ins vermeintliche Südseeparadies hineinmalten und die Eingeborenen nicht mit Tierfellen, sondern mit römischen Togas bekleidet darstellten. Das kam den damaligen Vorstellungen vom Paradies, vom griechischen Goldenen Zeitalter, einfach näher als Kokospalmen. Merken Sie was?«

»Was?«

»Merkwürdigerweise hat sich bis heute der Mythos von der Südsee als Paradies gehalten – er ist zur Realität geworden, obwohl ursprünglich nur ein paar Schriftsteller und Maler eine Fiktion in die Welt gesetzt hatten. Gauguins Bilder halten wir immer noch für ein Abbild der Wirklichkeit.«

»So wie wir Edgar Allan Poe für einen der größten Schriftsteller Amerikas halten?«

»Stimmt genau, man könnte auch das einen Mythos nennen, der zur Wirklichkeit wurde«, sagte Eyn. »Sein rätselhafter Tod ist allerdings real. Es ist natürlich mächtig viel spekuliert worden, was in Baltimore geschah und warum Poe vollkommen verwirrt und zu keinem vernünftigen Satz mehr fähig in der Gosse aufgegabelt wurde. Manche meinen, er sei Wahlhäschern in die Hände gefallen.

Andere vermuten, dass er von einem Tier gebissen worden war und sich mit Tollwut infiziert hatte. Die Forscher haben auch einen möglichen Gehirntumor ins Gespräch gebracht – alles Spekulationen. In Wirklichkeit –«

Eyn machte eine Pause, drehte sich um und blickte Yannis direkt in die Augen, als wolle er herausfinden, ob er für den Satz bereit sei. »In Wirklichkeit nahm Edgar Allan Poes Geschichte ein anderes Ende.«

»Woher wollen Sie das wissen? Und was soll das mit Lios Verschwinden zu tun haben?«

»Immer der Reihe nach. Ich habe noch zwei weitere Geschichten für Sie – keine Angst, sie sind schnell erzählt. Auch in ihnen geht es um die dunklen Seiten des Lebens.«

Algier 1580

Der Mann im Dreck hatte drei Schusswunden und nur eine Hand. Seine Mitgefangenen nannten ihn den Einhändigen von Lepanto, denn bei der Seeschlacht in der Meerenge von Lepanto hatte der Spanier als Marinesoldat gegen die Türken gekämpft, wobei der Mythos der unbesiegbaren Osmanen ebenso zerstört worden war wie die linke Hand des Spaniers. Vor fünf Jahren hatten Piraten ihn verschleppt und in dieses Sklavenlager gebracht.

Langsam öffnete der Einhändige von Lepanto seine dreckverkrusteten Augen. Das Lager neben ihm war leer. Bis gestern Abend hatte dort ein Landsmann von ihm gelegen, aber heute Nacht hatten sie ihn fortgeschleppt, und dass er bis jetzt nicht zurückgekehrt war, konnte nur bedeuten, dass er getötet worden war wie all die anderen. Drei Fluchtversuche hatte der Einhändige von Lepanto in den letzten Jahren organisiert – alle drei waren gescheitert, aber jedes Mal hatten die Algerier danach zur Abschreckung einige seiner Mitverschworenen hingerichtet. Er selbst war davongekommen, obwohl es seiner Familie bislang nicht gelungen war, das von den Entführern geforderte Lösegeld aufzubringen. Offenbar versprachen die Piraten sich trotzdem noch ein Geschäft mit dem Einhändigen.

Mit einem leisen Stöhnen rollte er sich in die Lagerstatt des toten Übersetzers hinüber. Seine Hand glitt in die verdreckten Lumpen und fuhr darin herum, bis seine Finger auf ein Bündel Papier stießen. Mühsam zog der Einhändige es hervor, eine endlose Zahl von verschmutzten Blättern, die mit ungelenker Handschrift bekritzelt waren. Zeile für Zeile und Episode für Episode hatte der Spanier in seine Muttersprache übersetzt, was einer der arabischen Piraten ihm wochenlang jeden Abend erzählt hatte. Eines Tages war der Araber zu einem Beutezug eingeschifft worden und nie wieder zurückgekehrt, und seitdem hatte der Mitgefangene des Einhändigen die unfertige Übersetzung in seinem Lumpenbündel verborgen gehalten. Aber nun war er tot.

Der Einhändige von Lepanto schob das Manuskript unter sein zerschlissenes Hemd und rollte keuchend auf sein eigenes Lager zurück.

»Miguel, du spanischer Bastard, was treibst du da?«, rief eine Stimme mit arabischem Akzent. Der Einhändige drehte den Kopf und sah einen der Piraten direkt auf sich zukommen. »Schaust wohl, ob der Übersetzer vielleicht was Essbares zurückgelassen hat, was? Da hab ich eine gute Nachricht für dich: Bald kannst du wieder die spanische Küche genießen. Der Trinitarier-Orden hat dich freigekauft. Pack deine Sachen!«

»Miguel?«, fragte Yannis. »Doch nicht *der* Miguel?«

Eyn nickte zufrieden. »Ganz recht. Miguel de Cervantes Saavedra. Er war eigentlich Soldat bei der spanischen Marine. 1575 wurde er von Korsaren gefangen und nach Algier verschleppt. Drei von ihm angestiftete Fluchtversuche kosteten mehrere Mitgefangene das Leben. Er selbst hatte Glück und wurde nach fünf Jahren Gefangenschaft von einem christlichen Orden freigekauft. Danach verarbeitete er seine Erlebnisse als Verschleppter in einem Theaterstück, das aber keinen Erfolg hatte. Schulden häuften sich an. Auch sein erster Roman brachte kaum Geld. Schließlich arbeitete Cervantes als Steuereintreiber, aber er steckte von dem eingetriebenen Geld zu viel in seine eigene Tasche und kam dafür ins Gefängnis.«

Eyn drehte Yannis den Rücken zu und blickte durch das Fenster in die Nacht hinaus. »Cervantes saß also im Knast, seine ersten Versuche als Schriftsteller waren gescheitert, und er hatte eine Menge Schulden am Hals. Aber er hatte die Lösung seiner Probleme mit in seine Zelle genommen: die zerfledderten Seiten, die er Jahre zuvor aus den Lumpen seines Mitgefangenen in Algier entwendet hatte. Wenn seine eigenen Geschichten nicht auf Beachtung stießen, tat es ja vielleicht die von dem Übersetzer ins Spanische übertragene Geschichte des Arabers. Also legte Cervantes los und schrieb das abgebrochene Manuskript zu Ende. Später wurde er mit eben diesem Roman endlich erfolgreich und berühmt.«

»*Don Quijote?*«

»Der Ritter von der traurigen Gestalt und sein Knappe Sancho Panza wurden ein Riesenerfolg. Cervantes gab den Roman zwar als die Erzählung einer anderen Person aus, die wiederum auch nur eine arabische Geschichte übersetzt hatte. Aber Cervantes stellte dies nur als literarische Fiktion dar. Dass das ursprüngliche Manuskript *wirklich* von jemand anderem stammte und dieser sich die Geschichte auch nur hatte erzählen lassen, hängte Cervantes nicht an die große Glocke.«

Eyn drehte sich zu Yannis herum. »Die Grundidee der Geschichte des Don Quijote ist eigentlich brillant: die Verschmelzung von Realität und Fiktion und wie sich beides beeinflusst.«

Yannis starrte an Eyn vorbei aus dem Fenster. Es war Jahre her, dass er den Roman gelesen hatte, in der ein Mann, nachdem die große Zeit der Ritter bereits vorbei war, sich in seiner Einbildung zum Ritter erhob und sich die dazu passende Welt erschuf, indem er ein paar Prostituierte als Burgfräulein wahrnahm, ein Gasthaus als Burg und Windmühlenflügel als gefährliche Riesen.

»Aber Cervantes hat sich mit fremden Federn geschmückt«, sagte Eyn. »Er war sogar so dreist, ein paar Jahre später einen zweiten Teil zu veröffentlichen, der ebenfalls auf dem Manuskript seines Mitgefangenen basierte. Es war nicht Cervantes' Geschichte, sie gehörte einem anderen.«

»Was wurde aus Cervantes?«, fragte Yannis.

»Er starb, kurz nachdem der zweite Teil von *Don Quijote* veröffentlicht worden war. Es heißt, Diabetes und Wassersucht hätten ihn umgebracht. Aber auch sein Ende verlief in Wirklichkeit ein wenig anders. Das betrifft übrigens auch einen weiteren Schriftsteller, zu dem ich jetzt komme. Hören Sie zu.«

Ingram Frizer rannte ohne Rücksicht. Hinter seinem Rücken flogen Blumenkübel, Regentonnen und Menschen zur Seite. Dass er gerade im Garten der Witwe Eleanor Bull mit einem Dolch auf den berühmten Dramatiker Christopher Marlowe eingestochen hatte, schien ihm ein gebührender Grund für seine Eile.

Vom Haus der Witwe aus rannte Frizer Richtung Themseufer, wo er sich vom Dunkel der Nacht verschlucken ließ. Nach Luft ringend wartete er eine Weile zusammengekauert in einem Gebüsch, um herauszufinden, ob ihm jemand gefolgt war. Wie er selbst hatte auch Marlowe als Agent für den Geheimdienst von Königin Elisabeth gearbeitet. Schon mehrmals hatte die Queen deshalb dafür gesorgt, dass irgendwelche Ermittlungsverfahren gegen Marlowe eingestellt wurden. Doch diesmal hatte er ein Verfahren wegen Häresie und Homosexualität am Hals, und darum gab es nur eine Lösung: Um Marlowes Leben zu retten, musste er für tot gehalten werden. Marlowe und er hatten einen Streit über eine Rechnung vom Zaun gebrochen, in dessen Verlauf Frizer mit einem Dolch auf ihn eingestochen hatte. Vermutlich wurde der scheinbar Tote in diesen Minuten fortgeschafft, um andernorts wieder aufzuerstehen.

»Sie können jetzt herauskommen«, sagte eine Stimme neben dem Gebüsch. Sie gehörte dem Mann, der dazu beigetragen hatte, dass der Verdacht gegen Marlowe wegen Häresie und Homosexualität durch Gerüchte zusätzlich angeheizt worden war. Der Mann war Mitglied einer kleinen Schauspielertruppe und verfügte offenbar über ein beträchtliches Maß an Kreativität.

Ingram Frizer kroch aus dem Busch und richtete sich auf. »Ich habe mit Marlowe geredet. Er weiß, dass er keine Wahl hat. Wann immer Sie es wünschen, wird er Ihnen zur Verfügung stehen.«

Der Schauspieler nickte zufrieden und verwandelte sein hohes Gesicht in ein schöngeistig verklärtes Lächeln. »Das ist schön«, sagte er und schwenkte theatralisch mit seinem Arm das nächtliche Themseufer ab. »Spüren Sie die Magie dieses Ortes? Das ist der Platz, an dem Großes entstehen soll. Genau hier möchten wir mit unserem kleinen Schauspieltrupp ein neues Theater bauen. Wir werden Stücke inszenieren, wie die Welt sie noch nicht gesehen hat. Marlowe wird sie schreiben. Und weil er ja gerade getötet wurde, wird er es unter meinem Namen tun. Eine faire Abmachung, wie ich finde. So profitieren wir beide.«

Mit verzücktem Blick starrte William Shakespeare in die Dunkelheit, als sei das Theater bereits von seinen Träumen in die Realität gerutscht.

»Von diesem Mistkerl«, dachte Frizer, »wird die Welt noch hören.«

»Ich finde, Sie übertreiben langsam«, knurrte Yannis. »Ich liebe Shakespeare und habe alle seine Stücke gesehen. Wirklich alle, verstehen Sie? *Romeo und Julia* könnte ich Ihnen im Schlaf rezitieren. Und ich habe schon viele Theorien über Shakespeare gelesen – unter anderem über die Frage, ob der Schauspieler und Theatermann Shakespeare auch derjenige ist, der die Werke geschrieben hat, die unter dem Namen Shakespeare bekannt wurden. Die Forschung nennt viele Verdächtige, die als wahre Autoren der Shakespeare-Stücke infrage kommen, und ich weiß, dass auch Christopher Marlowe darunter ist. Aber dass Shakespeare persönlich Marlowe denunziert hat, um ihn sich als Ghostwriter gefügig zu machen, höre ich zum ersten Mal.«

»Ich weiß. Darüber ist auch nicht viel bekannt – außer dass Marlowe für den Geheimdienst gearbeitet hat, dass die Anklage wegen Häresie ursprünglich auf einen seiner ehemaligen Mitbewohner zurückgeht und dass Marlowe genau in dieser Zeit scheinbar erstochen worden ist. Einen weiteren Anhaltspunkt findet man in Shakespeares Testament, in dem er mit zitternder Hand all seine Besitztümer auflistet, aber nicht ein einziges Wort über den Nachlass seines literarischen Werkes verliert: Was mit den bisher unveröffentlichten Stücken passieren und ob seine Familie finanzieller und rechtlicher Erbe der Werke sein sollte – davon steht im Testament nichts. Müsste einem Schriftsteller, der seine Werke mit Herzblut geschrieben hat, so etwas nicht entsprechend am Herzen liegen?«

»Was wurde aus dem angeblichen Mörder Marlowes?«

»Ein königliches Gericht urteilte zwei Tage nach dem Ereignis, dass Ingram Frizer in Notwehr gehandelt habe. Er kam ins Gefängnis, wurde keine vier Wochen später von der Königin begnadigt und arbeitete danach ausgerechnet bei einem ehemaligen Freund Marlowes. Merkwürdig, nicht?«

»Hm.«

»Marlowe aber schrieb Stücke, die im Globe-Theater der Shakespearetruppe aufgeführt wurden. Über den wahren Urheber hat William Shakespeare nie ein Wort verraten.«

»Na schön – Sie kommen in meine Wohnung und bezichtigen mit Poe, Cervantes und Shakespeare drei große Nationaldichter, Betrüger zu sein.« Yannis rieb sich mit den Händen das Gesicht und blickte Eyn müde an. »Ich glaube Ihnen kein Wort. Warum auch? Denn woher sollten Sie über all dies so gut Bescheid wissen?«

»Nun, jemand musste sie zur Rechenschaft ziehen.«

Yannis nickte. »Lassen Sie mich raten – das haben Sie dann übernommen.« Seufzend lehnte er den Kopf an die Sessellehne, als sei er von den vielen Geschichten der letzten Minuten so schwer geworden, dass er gestützt werden musste. »Sie überfordern meine Gutgläubigkeit.«

»Nein, ich fordere Ihre Fantasie heraus.«

»Wie haben Sie sie bestraft? Haben Sie Shakespeare, Poe und Cervantes mit bloßen Händen den Hals umgedreht? Hatten Sie ein Messer? Einen Degen? Was ist Ihr bevorzugtes Mordinstrument?«

Eyn lächelte. »Instrument trifft die Sache schon ganz gut.« Er deutete mit dem Kopf auf die alte Leier, die hinter seinem Rücken hervorschaute. »Erinnern Sie sich an Poe, der im Sterben immer wieder nach einem Reynolds gerufen hat? Bis heute rätseln Literaturforscher, wen er damit gemeint haben könnte. Wenn Sie nur einen Teil des Namens nehmen, wissen Sie es.«

»Eyn?«

»So nenne ich mich heute. Für Poe war ich Reynolds. Er fasste den letzten klaren Gedanken seines Lebens, kurz bevor er mir in dieser Gasse begegnete, in der er dann später völlig verwirrt aufgefunden wurde. Dass er dadurch eine leichte Beute für Wahlhäscher und Straßenräuber war und die ihre alten Klamotten gegen Poes schicken Ausgehanzug ausgetauscht haben, stand allerdings nicht auf dem Plan. «

»Was haben Sie getan?«

Eyn griff nach hinten und nahm die Leier. »Vertrauen Sie mir«, sagte er und legte seine Finger an die Saiten. Die ersten leisen Töne erklangen.

Noch bevor Yannis sich wehren konnte, begann die Welt um ihn sich aufzulösen.

Überall und nirgends

Das Arbeitszimmer dehnte sich, weiter und weiter glitten die Wände auseinander, und das dunkle Tuch, das Nacht hieß, begann langsam zu flattern, hob sich an den Ecken und schwebte dann davon, woraufhin sofort helles, diffuses Licht den Raum flutete und die sich dehnenden Wände in Farben aus Glas tauchte, während der Geruch von Klaviermusik über den Fußboden quoll, und als das Zimmer tief einatmete, um alles, was die Welt hergab, aufzusaugen, verloren die Bücherregale den Halt an den auseinandertreibenden Wänden und begannen frei im Raum zu schweben, und die Musiknoten waren in hellblauen Farben und schienen gerade in diesem Moment von Chopin direkt in Yannis' Arbeitszimmer hineinkomponiert zu werden, und die Melodie schmeckte nach Orangen mit Basilikum und kribbelte auf der Haut von Yannis, der sich nicht mehr bewegen konnte und hörte, wie die Buchstaben in all seinen Büchern sich zu regen begannen und sich zu ganz neuen Geschichten umsortierten, während die schneeweiße Bank aus Granit unter ihm vibrierte und er ein säuberlich verpacktes Buch unter ihr liegen hörte und den Geruch von Quellwasser auf seiner Haut singen spürte, das von einer blütenkelchförmigen Tasse aufgefangen wurde, aus der ein Kaninchen trank, und die Bücher lösten sich aus den Regalen, und ihr Schweben fühlte sich lauwarm an, und als sich hinter seinem Rücken etwas zusammenbraute, konnte er riechen, dass es grün war und mit roten, blauen und lila Punkten gesprenkelt, aber dann wurde seine Aufmerksamkeit auf ein kleines Mädchen gelenkt, dessen Kopf und Hände sich aus einem der schwebenden Bücher herauswühlten, und aus dem Buch tropfte Salzwasser, doch es konnte nicht auf den Teppich regnen, weil da kein Teppich mehr war, sondern eine große, vergilbte Buchseite, die Wellen warf wie das Meer und an den Rändern brüchig war wie Yannis' Adern, in denen das Blut zu stocken schien, weil es vielleicht schlichtweg den Weg nicht mehr wusste oder vorwärts und rückwärts nicht mehr voneinander unterscheiden konnte, was kritisch war, denn ohne den inneren Kreislauf des Lebens würde er in Sekundenschnelle sein Dasein und, schlimmer noch, den Verstand verlieren und wieder zu dem werden, was er vor seiner Geburt war, falls es überhaupt ein Danach gab, denn manchmal endeten Geschichten ja auch einfach so und wurden niemals wieder aufgegriffen, und dann gingen sie verloren in einem Meer aus Sand, in dem sie versanken und auf alle Zeit begraben blieben, und niemand würde sich ihrer erinnern, geschweige denn sie nutzen können, und womöglich würde auch die alte Parkbank, auf der er gerade saß, mit versinken, wie eine letzte Spur, die auf sein Dasein hätte hinweisen können, so wie die kleinen roten Abdrücke blutender Füße, aber im Grunde spielte ohnehin nichts mehr eine Rolle, und er konnte sich einfach hineinfallen lassen in das Nichts und –

»Ich denke, das genügt fürs Erste«, drang eine Stimme an sein Ohr.

Nur wenige Träume verirrten sich in dieser Nacht in Yannis' Schlafzimmer. Die meiste Zeit lag er wach und starrte durch das Fenster in den Himmel, wo sich ein träger Mond so langsam durch das Meer der Sterne schob, dass man meinen konnte, er habe Angst, an einen der winzig kleinen leuchtenden Punkte zu stoßen und dadurch ein galaktisches Drama auszulösen. Womöglich lag auch Lio nun an ihrem unbekannten Aufenthaltsort und fixierte denselben Punkt im All. Wenn Yannis sich genug konzentrierte, konnte er vielleicht das Spiegelbild ihres Gesichts im Mond erkennen.

War sie von Eyn entführt worden? Ganz offensichtlich hatte der geheimnisvolle Fremde Yannis genau beobachtet. Das sprach für einen eifersüchtigen Nebenbuhler. Zumindest schien diese Rolle deutlich realistischer als ein Mann, der über Jahrhunderte hinweg unartige Schriftsteller bestrafte und mit einer solchen Aufgabe in irgendeinem Zusammenhang zu der zauberhaften Lio stehen sollte. Andererseits – mit seiner Leier schien er über ausgesprochen ungewöhnliche Fähigkeiten zu verfügen.

So oder so gab es Leichteres, als einem Mann zu glauben, dass er Cervantes getötet habe.

Seufzend schlug Yannis die Decke zurück und stemmte sich aus dem Bett. An schlafen war wohl gerade nicht zu denken. Vorsichtig riskierte er einen Blick durch das Fenster in den sternenhellen Garten hinaus. Niemand war zu sehen. Er ging ins Arbeitszimmer und blickte auf die Straße – nichts. Vielleicht hätte er mutiger sein und Eyn heimlich folgen sollen. Wahrscheinlich hätte er ihn direkt zu Lios Versteck geführt. Falls er Lio entführt hatte.

In einem Reflex schloss Yannis die Tür seines Arbeitszimmers hinter sich ab. Dann trat er an die Bücherregale und zog *Don Quijote* und ein Literaturlexikon heraus. In Cervantes' Roman blätternd schlurfte er zum Sessel und ließ sich hineinfallen. Nicht zum ersten Mal fiel ihm auf, dass es gewisse Ähnlichkeiten zwischen seinem Arbeitszimmer und Lios Buchladen gab. Die morschen Bücherregale zum Beispiel, die unsortierten Bücher darin oder der alte Ohrensessel. Wer weiß, vielleicht saß er gerade in diesem Moment überhaupt nicht in seinem Arbeitszimmer, sondern in Lios Laden, und er bemerkte es nur nicht, weil der Unterschied so gering war. Oder er hockte zur gleichen Zeit in seinem und Lios Sessel. Möglicherweise war der Laden auch derselbe Ort wie sein Zimmer, nur zu einer anderen Zeit. Oder sein Zimmer wechselte auf unerklärliche Weise zwischen zwei Geschichten und spielte mal in seiner Wohnung und mal in der Altstadt bei Lio eine tragende Rolle. Vielleicht lief er auch, wenn er seine Wohnung verließ, unbemerkt im Kreis, landete wieder zu Hause und nahm es dann einfach nur anders wahr, und es gab in Wirklichkeit überhaupt keine Lio.

Während die Nacht seine Sinne benebelte, hatte seine Hand weiter in *Don Quijote* geblättert. Nun blieben Yannis' Augen an einem Dialog hängen. »Ist es möglich«, fragte gerade ein Geistlicher den Ritter, der keiner war, »dass das widerwärtige, eitle Lesen von Ritterbüchern die Gewalt über Euch hatte, Euch den Kopf so zu verdrehen, dass Ihr zuletzt gar glauben mögt, Ihr seiet wirklich verzaubert?« Yannis ließ seinen Blick über die Zeilen gleiten. Eine Kaskade aus Fragen regnete gerade auf Don Quijote herab. Wie konnte er nur glauben, dass es jemals einen wirren Haufen von Rittern gegeben habe, so viele Drachen, so viele unerhörte Abenteuer, so viele verliebte Prinzessinnen, so viele ungereimte Begebenheiten? Don Quijote hielt dagegen, dass man dann auch König Artus, Tristan, Isolde, Lanzelot oder auch den spanischen Nationalhelden El Cid für eine Lüge halten müsse, was angesichts der Geschichtsbücher kaum möglich sei. Gestalten, die es zwar gegeben habe, deren Realität aber durch Geschichten gehörig erweitert worden seien, argumentierte der Geistliche. Dennoch, so der selbsternannte Ritter, trügen sie das »Gepräge der Wahrheit« ebenso in sich wie eine Chance: »Von mir jedenfalls muss ich sagen, seit ich ein fahrender Ritter bin, seitdem bin ich tapfer.«

Das Gepräge der Wahrheit. Was sagte das Literaturlexikon über Cervantes? Yannis blätterte das andere Buch auf. Da war er: Miguel de Cervantes Saavedra. Was Eyn über ihn berichtet hatte, entsprach der Wahrheit: Cervantes' Kampf als Soldat gegen die Türken, der Verlust seiner Hand in einer Seeschlacht, seine Entführung durch Piraten und seine Freilassung, seine Zeit im Gefängnis – 1605 schließlich erscheint der erste Teil des *Don Quijote* und wird sofort ein Riesenerfolg. Der Roman über den Ritter, der gern tagträumte und dennoch auch zur Tat schreiten konnte, wird oft als Parodie auf die zu jener Zeit beliebten Ritterromane gewertet. Der zweite Teil erscheint erst zehn Jahre später, 1615. Lange kann Cervantes sein Dasein als erfolgreicher Schriftsteller jedoch nicht genießen. Er stirbt am 23. April 1616 in Madrid.

Yannis runzelte die Stirn. Noch einmal überflog er den Text, dann blieben seine Augen an Cervantes' Sterbetag hängen: 23. April 1616. Warum nur kam ihm dieses Datum so bekannt vor?

Und was hatte all das mit Lio zu tun? Warum hatte Eyn ihm von den drei Schriftstellern und ihren zweifelhaften Taten berichtet? War Lio auch eine Schriftstellerin, die sich die Geschichte eines anderen angeeignet hatte?

23. April 1616 –

Eyn hätte Cervantes vor fast vierhundert Jahren treffen müssen. Nun gut, Yannis hatte in letzter Zeit viele Merkwürdigkeiten erlebt. 23. April 1616 – was war nur mit dem Datum? Es hatte irgendetwas mit dem zu tun, was Eyn gesagt hatte. Da war noch etwas anderes in seinen unerhörten Erzählungen gewesen, das Yannis mit diesem besonderen Datum in Verbindung brachte. Es war nicht einfach irgendeine Zahl, Yannis kannte sie. Aber woher? Ein bedeutsames historisches Ereignis? Er erinnerte sich, dass 1616 die Inquisition der Kirche jenes Buch von Nikolaus Kopernikus verboten hatte, in welchem dieser den Frevel begangen hatte zu behaupten, die Sonne und nicht die Erde stehe im Mittelpunkt der Planetenbahnen, ein Buch, das eine Menge Mut erfordert hatte und ein weiteres Beispiel dafür war, dass Bücher die Wirklichkeit manchmal besser wiedergaben als diejenigen, die sie predigten. Aber es war nicht alleine die Jahreszahl, die in Yannis etwas wachrief – es war genau dieser Tag: der 23. April 1616.

Plötzlich hielt er den Atem an. Mit aufgerissenen Augen blickte er auf das Buch, und sein Herz begann schneller zu schlagen. Jetzt wusste er, wo er dieses Datum schon einmal gesehen hatte. Hektisch begannen seine Finger zu blättern.

Dann erstarb das Rascheln der Seiten. Nichts regte sich mehr im Zimmer. Die Uhr, die an der Wand hing, tickte plötzlich langsamer. Yannis starrte auf den Eintrag über William Shakespeare. Er war im englischen Stratford-upon-Avon gestorben: am 23. April 1616 – am selben Tag wie Cervantes.

Im 17. Jahrhundert gab es noch keine Flugzeuge und auch keine Eisenbahn, und außerdem lag das Meer zwischen Spanien und England. Die übliche Reisegeschwindigkeit damals betrug fünfzig Kilometer am Tag.

Eyn hätte niemals am selben Tag in England und in Spanien sein können.

Er hatte also gelogen.

Mit einem leisen Surren öffnete sich eine andere Welt, die bizarr war und jeden, der sie betrat, in ein anderes Wesen verwandelte. Wer es darauf anlegte, wurde in eine Elfe verzaubert oder in einen Troll und konnte, mit einem geheimnisvoll glühenden Schwert bewaffnet, losziehen und ein paar Drachen töten, gigantische Rätsel lösen oder eine Rolle in einer epischen Geschichte voller Fantasie und Magie bekommen. Hier wurden außerdem Dicke wieder dünn, normale Angestellte zu erfolgreichen Managern, Alte jung und Männer zu Frauen. Es war eine Welt ohne Grenzen, und deshalb waren auch die Möglichkeiten in ihr unendlich.

Die kleinen Lichter des Modems blinkten wild, als würden sie vor etwas warnen wollen. Den Computer, der ganz am äußeren Rande von Yannis' Schreibtisch stand, hatte er in letzter Zeit nur noch selten eingeschaltet. Das Internet bot zwar auf Knopfdruck einen kompletten Kosmos, aber das taten Bücher auch, und die konnte Yannis viel besser mit ins Bett, in die Badewanne oder in den Stadtpark nehmen. Außerdem empfand er es als unfairen Wettbewerb, dass die Cyberwelt unendlich viel Platz zur Verfügung hatte, um sich auszubreiten, während die Welt eines Buches sich auf eine gewisse Anzahl Seiten beschränken musste.

Yannis startete den Browser und die Suchmaschine. Wonach sollte er suchen? Zunächst versuchte er es mit der Papierfee. Die Wörter »Fee« und »Märchen« ergaben eine nicht endende Liste von Suchergebnissen. Yannis nickte zufrieden. Das behinderte ihn zwar darin, sein Rätsel zu lösen, aber dass man immer noch auf jede Menge Feen stieß, wenn man nur danach suchte, war ein gutes Zeichen.

Er klickte das Suchfeld an und ließ den Cursor langsam zurückwandern. »Fee« ließ er stehen, das Wort »Märchen« ersetzte er durch »Lio«.

Nichts.

In der nächsten Stunde versuchte er sein Glück mit den aberwitzigsten Kombinationen von allen Begriffen, die ihm in den Sinn kamen: Lios Laden. Buchladen. Bücher. Tolstoi. Anna Karenina. Eyn. Entführungen. Vermisste Personen. Literatur. Schöpfung. Papierfee. Ausgeschnittene Fee.

Nichts.

Er lud Satellitenbilder von Athen hoch und suchte dort nach Lios Laden. Dort, wo die kleine Gasse sein sollte, verzeichnete der Internetdienst nur ein paar Bäume zwischen den Geschäftshäusern. Er versuchte, zwischen den Baumkronen wenigstens irgendein Gebäude zu erkennen.

Nichts.

Vielleicht kannten das öffentliche Branchenverzeichnis oder die Listen des Gewerbeamts Lios Buchladen. Yannis klickte sich durch die Seiten.

Nichts.

Was hatte das zu bedeuten? Lio schien überhaupt nicht zu existieren. Oder saß er einfach dem Fehlschluss auf, dass es jemanden, der im Internet keine Spuren hinterließ, auch real nicht geben konnte? So oder so – er brauchte eine Spur, die ihm half, Lios Verschwinden zu enträtseln. Hatte er einen Hinweis übersehen? Nachdenklich lehnte er sich zurück. Das Mädchen mit den Streichhölzern. Sie hatte irgendetwas gesagt, das er nicht verstanden hatte und sich unbedingt merken wollte, weil es wie eine Warnung geklungen hatte.

Seine Finger legten sich erneut auf die Tasten. Er tippte wieder »Fee« in die Suchmaske. Dann schrieb der Cursor das Wort »Arthur«.

Die Liste von skurrilen Suchergebnissen, die mit seinem Rätsel in keinerlei erkennbarem Zusammenhang standen, war lang. Geduldig begutachtete Yannis Seite für Seite. Dann setzte er sich ruckartig auf. Weit hinten auf der Liste der Internetlinks, die etwas über Feen und über einen Arthur enthielten, stand endlich etwas Vielversprechendes. Yannis öffnete die Seite. Und traute seinen

Augen nicht. Was er las, brachte ihn ein großes Stück weiter – vor allem aber weckte ein altes Schwarzweißfoto sein Interesse. Dort war ein junges Mädchen abgebildet, das auf einen Zweig blickte. Die kleine, geflügelte Fee, die auf diesem Zweig saß, war bis ins Detail identisch mit der Papierfigur, die Yannis in Lios Laden gefunden hatte. Auf einem weiteren Foto war jener Arthur abgebildet, um den es auf der Internetseite ging, weil er an allerlei esoterischen Unfug geglaubt und auch die Feenfotos für Aufnahmen echter Feen gehalten hatte. Der Mann, der aus dem Bildschirm heraus direkt in Yannis' Augen blickte, war kein Geringerer als der englische Schriftsteller und Erfinder von Sherlock Holmes, Sir Arthur Conan Doyle.

Dass die Bücher in Lios Laden keinerlei Ordnung gehorchten, rächte sich nun. Wenn man nicht wusste, wo man mit einer Suche anfangen sollte, gab es immer zwei Möglichkeiten: Man ließ es einfach sein, oder man fing an einer beliebigen Stelle an, tastete sich von dort aus weiter vor und schaute, was einem begegnete.

Yannis begann bei den Regalen in der Nähe des Eingangs und arbeitete sich Buchrücken für Buchrücken ins Ladeninnere vor. Doyle hatte unzählige Romane und Erzählungen geschrieben, irgendetwas davon würde sich ganz sicher in Lios literarischer Schatzkammer finden. Das ganze Leben war eine Suche, da würde er sicher nicht ausgerechnet in einem Buchladen scheitern.

Es war Mittag, und die wenigen Sonnenstrahlen, die den Weg durch die mit Büchern verbauten Scheiben in den Laden fanden, tauchten alles in ein gelbliches Licht, in dem Staubkörner schwebten. Reduziertes Gelb war Yannis' liebste Tagesfarbe, denn es machte die Dinge weicher und verlieh ihnen Wärme. Die Welt schien ein wenig zu verschwimmen, und wo sich Grenzen auflösten, boten sich einem mehr Möglichkeiten.

Bücher, die auf dem Rücken nicht mit Titel und Autorennamen beschriftet waren, konnte er außer Acht lassen, denn ihre Zeit lag lange vor der des Sherlock-Holmes-Erfinders. Alles, was er tun musste, war, seinen Blick über die beschrifteten Buchrücken gleiten zu lassen, bis er fand, wonach er suchte.

Am Nachmittag machte er eine kurze Pause in Lios altem Sessel. Vielleicht sollte er einfach in ein ganz gewöhnliches Buchgeschäft gehen und sich dort von der Verkäuferin ein paar Romane von Doyle heraussuchen lassen, überlegte er. Aber dann verwarf er seinen Gedanken wieder – in dem Exemplar von Tolstois Buch hatte schließlich auch eine Überraschung auf ihn gewartet. Vielleicht war es also besser, Doyles Buch nicht irgendwo, sondern genau hier, in Lios Laden, zu suchen.

Er fand es, als der Nachmittag sich dem Abend zu beugen begann, und es war ein Band mit Doyles gesammelten Werken. Als er ihn mit zitternden Händen aufschlug, fiel ein zusammengefaltetes Blatt heraus. Yannis hob es vom Boden auf. Das Papier war vergilbt und ein wenig brüchig, aber es ließ sich noch auseinanderfalten, ohne Schaden zu nehmen. Es war ein Brief, geschrieben in einer schwungvollen Schrift, die zu einem kreativen Menschen gehören musste. Aber Yannis erkannte auch Gehetztheit und Unruhe im Schriftbild.

Meine Gladys,

was ist mit mir passiert? Dass Du meine Bücher durchwühlst und diesen Brief findest, kann nur eins bedeuten: Es gibt mich nicht mehr. Und natürlich ist es ausgerechnet dieses Buch, das Dein Interesse weckt. Nun, da ich nicht mehr bin, regen sich Zweifel in Dir, nicht wahr? Du fragst Dich, ob ich vielleicht doch die ganze Zeit die Wahrheit gesagt habe. Der Beweis für meine Geschichte liegt hinter einer Tür, die Du nicht sehen kannst, weil sie jenseits Deiner Wahrnehmung liegt. Es spielt auch keine Rolle. Du könntest sie ohnehin nicht öffnen. Wo ich eine Tür sehe, rennst Du nur vor die Wand. Deine Welt ist eng begrenzt. Manche Dinge erschließt man nur mit dem Glauben an die Kraft guter Geschichten.
Dass ich diesen Brief nicht wieder vernichtet habe, bedeutet vermutlich, dass Arthur mich getötet hat. Wahrscheinlich wirst Du auch das nicht glauben. Du scheinst ihn ja geradezu sympathisch zu finden, und er wird geschickt genug sein, es wie einen Selbstmord oder wie einen natürlichen Tod aussehen zu lassen. Mit Mord kennt er sich ja aus.
Was Arthur getan hat, wird nicht unbemerkt bleiben. Das kann es gar nicht. Er hat sich mit Kräften eingelassen, die er nicht manipulieren kann, und früher oder später wird er dafür zur Rechenschaft gezogen werden. Ich möchte Dich bitten, an mich zu denken, wenn dieser Zeitpunkt gekommen ist. Ich bin nicht verrückt und war es nie. Ich habe nur an Dinge geglaubt, an die nicht viele glauben. In früheren Zeiten

mag das einmal anders gewesen sein. Aber da war das Leben der Menschen ohnehin noch viel stärker von Geschichten geprägt, von Göttern und Sagen, von Mythen und Legenden. Damals hätte man mir vermutlich eher geglaubt.
Einerseits möchte ich Dir danken. Dafür, dass Du mich zu einem Teil Deiner Geschichte gemacht und mir darin eine Hauptrolle gegeben hast. Letztlich ist auch Liebe eine Mischung aus Realität und jenen Dingen, die unsere Wahrnehmung dazumischt. Liebe ist wie eine gute Geschichte, die nur sein kann, wenn man an sie glaubt.
Darum habe ich mich andererseits oft gefragt: Wenn Du nicht an das Märchenhafte glaubst – wie kannst Du dann überhaupt lieben?
Liebst Du mich, Gladys?

Jetzt ist es zu spät, nicht wahr?
Fletcher

Nachdenklich ließ Yannis das alte Papier sinken. Weder mit einem Fletcher noch mit einer Gladys konnte er etwas anfangen, aber mit Arthur war ganz sicher Conan Doyle gemeint. Hatte der berühmte Schriftsteller den Schreiber dieses Briefes auf dem Gewissen? Im Grunde, ging Yannis durch den Kopf, wäre Doyle genau der richtige Mann für einen perfekten Mord: Als Erfinder des scharfsinnigen Sherlock Holmes hatte er sein Talent für Kriminelles hinreichend unter Beweis gestellt, und im Hauptberuf war er Arzt gewesen und dürfte also gewusst haben, wie man einen Menschen tötet, ohne Spuren zu hinterlassen.

Aber warum sollte Doyle einen Mann töten? Was musste passieren, damit ein von der Königin zum Sir ernannter Schriftsteller sich zu einem Mord hinreißen ließ? Und wieder: Was hatte all das mit Lio zu tun?

Ein Satz in dem alten Brief schien wie eine geheime Botschaft. »Wo ich eine Tür sehe, rennst Du nur vor die Wand«, hatte Fletcher geschrieben. Lag hier ein Hinweis verborgen?

Wände.

In Wirklichkeit, dachte Yannis, waren Wände gar nicht dazu da, Grenzen zu markieren und so Wege und Wahrnehmungen zu beschränken – sondern um eingerissen zu werden. Ganz gegen den ersten Eindruck, den sie vermittelten, erweiterten Wände die Möglichkeiten. Vorausgesetzt, man war tapfer genug, sich über sie hinwegzusetzen. Womöglich ging es auf der Bühne des Lebens darum, hinter den Vorhang zu blicken.

Yannis stutzte. Genau dort, wo er die kleine Papierfee auf dem Fußboden gefunden hatte, gab es einen Vorhang. Und bisher war er noch nicht auf die Idee gekommen, ihn zurückzuschieben. Hinter einem Wandvorhang erwartete man schließlich nichts weiter als – eine Wand. Aber Arthurs Brief brachte neue Möglichkeiten ins Spiel. »Hinter die Dinge zu sehen kann nie schaden«, hörte er abermals die Stimme des Streichholzmädchens sagen.

Klopfenden Herzens trat Yannis in die Gasse aus Regalen. Rechts und links standen die Bücher und bildeten ein Spalier, das ihn direkt auf den Wandvorhang am Ende des Gangs lenkte. Unbewegt hing der Vorhang an der dicken Steinwand. Aus der Nähe erkannte Yannis das verblasste Bild einer Flussquelle, die aus einem von Efeu umwucherten Felsen heraussprudelte. Am Ufer des gerade in die Welt gesetzten Baches saßen kleine Nymphen, die Yannis aus dem Bild heraus direkt anzublicken schienen. Etwas abseits saß ein Kaninchen. Am Bildrand stand eine alte Parkbank aus schneeweißem Granit. Das Wandbild hing mit Ringen an einer alten Holzstange. Vorsichtig schob Yannis den Stoff beiseite.

Dahinter lag eine Tür, die wie ein schwerer, uralter Buchdeckel mit eisernen Beschlägen gestaltet war, scheinbar aus brüchigem, dunklem Leder, in das fremdartige Ornamente eingelassen waren, die vor sehr langer Zeit einmal in irgendeiner Farbe geleuchtet haben mochten, aber längst der Reibung des Zeitstroms zum Opfer gefallen und ausgewaschen waren.

Eine Klinke oder ein Schloss konnte Yannis nicht erkennen. Beides hätte auch nicht viel Sinn gemacht, denn das Merkwürdigste an dieser Tür war, dass sie nicht wirklich war. Jemand hatte sie einfach auf die Steinwand gemalt. Der hölzerne Türrahmen und die eisernen Scharniere, an denen die Tür hing, waren ebenfalls nur mit Farbe auf die Wand aufgetragen worden.

Yannis legte langsam seine Hand auf die falsche Tür und spürte statt weichem Leder den harten Stein der Wand. Wie öffnete man eine Pforte, die nur aufgemalt war? In letzter Zeit schien sein Leben sich mehr und mehr mit Rätseln anzufüllen.

Würde diese Tür sich überhaupt öffnen lassen? Und wenn ja: Was lag dahinter? War dies der Zugang zu einem Buch, vielleicht zu seiner eigenen Geschichte? Oder lag hinter dieser Tür, die aus Farbe war und deshalb nicht real und gleichzeitig irgendwie doch, womöglich die Lösung zu dem Rätsel um Lios Verschwinden? »Ich gehe einen uferlosen Weg«, hatte das Mädchen mit den blutenden Füßen gesagt – war nicht eben diese Wand, die auch ein Durchgang war, eine Einladung, Grenzen zu ignorieren und einfach Welten ineinanderfließen zu lassen – so wie bei einem Ufer, an dem ein Kosmos in den anderen schwappte?

Was Yannis auf die Frage zurückbrachte, wie er diese Türe öffnen könnte. Obwohl seine innere Stimme ihm bereits sagte, dass es so nicht funktionieren würde, drückte er mit der Hand gegen die Wand. Die Buchdeckeltür rührte sich nicht. Langsam ließ er den Arm wieder sinken und schüttelte den Kopf. Seit er Lio begegnet war, schossen ihm die absurdesten Ideen durch den Kopf – wie kam er nur darauf, dass eine gemalte Tür sich irgendwie öffnen ließe?

So etwas ging für gewöhnlich nur in Märchen und Fabeln. In Geschichten.

Zögernd ließ er seine Hand in die Jackentasche gleiten und zog einen kleinen Gegenstand aus Pappe hervor. Nachdenklich ruhte sein Blick auf der Streichholzschachtel. Zauberzündhölzer, hatte die junge Verkäuferin gesagt. »Keine Telefonnummer, was?«, flüsterte er. Weil niemand sie auf die Schachtel gekritzelt hatte, hätte er sie fast übersehen.

»Ich sehe, Sie fangen an, sich selbst zu vertrauen«, sagte eine Stimme hinter ihm.

Als Yannis sich umdrehte, trat Eyn auf ihn zu. »Worauf warten Sie noch? Probieren Sie Ihr Glück.« Er nickte kurz in Richtung der Streichhölzer und blickte dann abwartend in Yannis' Augen.

»Sie haben Lio hinter diese Tür geschafft, nicht wahr?«, flüsterte Yannis.

Eyn atmete geräuschvoll aus.

»Ich bin da auf eine kleine Unstimmigkeit in Ihrer Argumentation gestoßen«, fuhr Yannis fort und dachte im selben Moment, dass er eigentlich über Millionen von Unstimmigkeiten gestolpert war – angefangen bei der, dass ein Mann aus der Gegenwart unmöglich Cervantes hätte begegnen können.

»Ich bin ganz Ohr«, sagte Eyn.

»Sie wollen Cervantes und Shakespeare mit Ihrer Leier bespielt haben. Nun gut. Beide sind aber am selben Tag gestorben. Sie hätten niemals am selben Tag bei beiden gleichzeitig sein können.«

Eyn nickte. »Sie sind gut. Und es stimmt: Cervantes und Shakespeare starben beide am 23. April 1616. Wahr ist auch, dass ich nicht am selben Tag sowohl in England als auch in Spanien hätte sein können. Und dennoch waren meine Leier und ich sowohl bei Shakespeares als auch bei Cervantes' Tod zugegen.«

»Wie soll das gehen?«

»Wenn ich Ihnen den Denkfehler in Ihrer Argumentation verrate – werden Sie dann diese Tür dort öffnen?«

»Einverstanden!«

»Wie Sie vermutlich irgendeinem Lexikon entnommen haben, starben tatsächlich beide Schriftsteller am 23. April 1616. Und trotzdem lebte Shakespeare genau zehn Tage länger als Cervantes.

Ich hatte also mehr als genug Zeit, um von Spanien nach England zu gelangen.«

»Wie ist das möglich?«

Eyn lächelte. »Es ist ganz einfach. 1616 galt im katholischen Spanien bereits der vom Papst eingeführte gregorianische Kalender – schon 1582 kam dort nach dem 4. Oktober nicht der 5., sondern der 15. Oktober. Im protestantischen England galt zu Shakespeares Zeiten aber noch der julianische Kalender. Als Cervantes also am 23. April starb, stand auf Shakespeares Kalender erst der 13. April. Der 23. April 1616 in England und der 23. April 1616 in Spanien liegen zehn Tage auseinander.«

Yannis biss sich auf die Unterlippe, betrachtete Eyn eine Weile und nickte dann. »Dann sollte ich wohl jetzt durch diese Tür hier gehen«, sagte er und zog ein Streichholz aus der Schachtel.

»Wenn Sie nichts dagegen haben, begleite ich Sie«, erwiderte Eyn und trat auf die gemalte Pforte zu. »Möglicherweise werden Sie meine Hilfe brauchen.«

Entschlossen zündete Yannis das Streichholz an und hielt es an die Wand.

Am Südhang des Parnass

Wie unberührt ruhte das Paradies am Fuße des Parnass. Zwischen den schroffen Felsen hatte sich eine Wiese ausgebreitet, die von einem Meer aus Blumen mit roten, gelben und lila Punkten gesprenkelt war. Knorrige Olivenbäume hielten ihre Äste in die Sonne, und irgendwo am Horizont ragten hinter Baumkronen und Felsen ein paar antike steinerne Säulen hervor. Die Gipfel des Parnass waren mit grell schimmerndem Schnee bedeckt. Weit oben zogen ein paar Vögel ihre Kreise, als sei eine Welt aus festem Boden nicht die ihre.

Arthur grunzte zufrieden, schlug sich den Schmutz von den Händen, legte den Kopf in den Nacken und lauschte dem Singsang der Zikaden. Das Leben war wieder in Ordnung – sein Leben jedenfalls. Die Reise von seinem Wohnsitz im grauen, kühlen Sussex ins sonnige Griechenland hatte sich gelohnt. Endlich konnte er die Frucht jahrelanger Arbeit genießen. Langsam senkte Arthur den Kopf, bis die Kastalische Quelle in sein Blickfeld rückte. Aus einem in Fels gehauenen Becken sprudelte aus dem gewaltigen Massiv der Berge, in dessen Inneren es nur Dunkelheit und Kälte gab, das Quellwasser direkt in die reale Welt hinein. Als sei der Eintritt in die Wirklichkeit dem Rinnsal selbst nicht ganz geheuer, begann es nur schüchtern, mit seinem leisen, immerwährenden Plätschern die Welt mit Geschichten zu durchströmen. Arthur spürte, wie das Gesäusel des Wassers in seinem Inneren unzählige kleine Wesen erweckte, jedes einzelne davon bis zum Bersten angefüllt mit Ideen, Träumen, Visionen und Passionen.

Seit Lio sich ihm entzogen hatte, war er auf der Suche gewesen. In den letzen Jahren hatte er viel Zeit damit verbracht, in irgendwelchen Ecken zu hocken, seinen Schnurrbart zu zwirbeln und dabei gedankenverloren Löcher in die Luft zu starren. Schließlich hatte er sogar an spiritistischen Sitzungen teilgenommen, in der Hoffnung, mit solcherlei Humbug an Lio heranzukommen. Über die Jahre war er ein alter Mann geworden, aber Lio hatte er nicht erreichen können.

Bis vor einigen Jahren fünf Schwarzweißfotos in seine Hände geraten waren, die alles ändern sollten. Zunächst hatte er ihren wahren Wert nicht erkannt und in ihnen nur Bilder gesehen, die zwei junge Mädchen irgendwo in der Natur aufgenommen hatten und die ein paar geflügelte Feen zeigten. Vor ein paar Tagen noch hatte Arthur die Feen für echt gehalten und sich mit Zeitschriftenaufsätzen über die Fabelwesen in aller Öffentlichkeit lächerlich gemacht. Doch vor Kurzem hatte er beim Buchhändler ein altes Märchenbuch aufgeschlagen und dort ein paar Illustrationen entdeckt, die ihm merkwürdig bekannt vorkamen. Die Mädchen hatten die Feen aus dem Buch abgemalt, ausgeschnitten, in die Landschaft gesetzt und fotografiert. Dass die kleinen geflügelten Wesen doch nicht wirklich waren, war natürlich eine Enttäuschung. Aber als er sich zu Hause die Fotos noch einmal angesehen hatte, war ihm die Erleuchtung gekommen. Hier ging es nicht einfach um ausgeschnittene Papierfiguren – die Mädchen hatten eine märchenhafte Geschichte genommen und die Realität damit angereichert. Sie hatten die Möglichkeiten erweitert.

Er hatte sich sofort auf den Weg gemacht. Arthur hob die Augen und sah die Kapelle, die sich am Hang über der Quelle befand, im hellen Sonnenlicht liegen, als würde sie eine heilige Aura umgeben. Für die Touristen, die meist zu den Überresten des antiken Delphi hier in unmittelbarer Nähe unterwegs waren, war diese Kapelle nur eine kleine Kirche zu Ehren der Kastalischen Quelle, und wenn sie durch die Pforte schritten, fanden sie dahinter nichts weiter vor als einen Ort der Wallfahrt und des Glaubens. Doch Arthur hatte begriffen, dass sich einem, mit der richtigen Geschichte ausgerüstet, hinter dieser Pforte auch eine ganz andere Welt eröffnen konnte. Mit dem Wissen um die Legende, die diesen Ort am Parnass umgab, war er mit geschlossenen Augen durch die Kappellentür hindurchgetreten – und hatte sich, nachdem er seine Augen wieder geöffnet hatte, in Lios Laden wiedergefunden.

Und nun lag Lio direkt hinter ihm, gefesselt und eingesperrt in der Höhle, deren Eingang durch eine hölzerne Tür versperrt war. Einen Teil des Zugangs hatte Arthur bereits mit Geäst getarnt. Nach einer kleinen Pause wollte er noch ein paar Zweige einsammeln und vor der Höhle drapieren. Dann würde Lio niemals gefunden werden. Dreiundzwanzig Jahre nach Fletchers Tod war nun endlich auch sie aus dem Weg geschafft. Sie würde bis in alle Ewigkeit in einer Felshöhle liegen und keine Gelegenheit haben, Arthur zu zerstören.

Am Parnass

Hinter der geheimnisvollen Tür lag eine Landschaft. Das Zündholz, das Yannis an die Wand hielt, ließ die aufgemalte Pforte verblassen und öffnete so den Blick auf weitläufige Berghänge. In den Duft von Natur und Ursprünglichkeit, der in den Laden hineinwehte, hatte die Schöpfung das Aroma frischen Quellwassers gemischt. Sonnenstrahlen stachen in den Laden hinein und ließen die Wand erstrahlen. Entschlossen trat Yannis durch die Öffnung.

Vögel und Zikaden empfingen ihn mit einer Melodie, die sie speziell für diesen Anlass komponiert zu haben schienen. Eine angenehm laue Luft wehte ihm durchs Haar, und ein kleines Stück den Hang hinunter erblickte Yannis einen frisch dem Fels entsprungenen Bach, dessen Fließen das der Zeit zu ersetzen schien. Als er sich umwandte, trat Eyn aus einer kleinen Kapelle heraus ins Licht.

»Wo sind wir?«, fragte Yannis. »Der Ort kommt mir bekannt vor.«

»Das will ich hoffen«, sagte Eyn. »Wir sind am Parnass. Und wir sind nicht alleine.« Er deutete nach links. In einiger Entfernung war eine Gestalt damit beschäftigt, Äste vom Boden zu sammeln. Yannis spürte, wie sich sein Magen zusammenzog. Den Mann mit dem auffälligen Schnurrbart, den sauber gescheitelten Haaren und dem Doppelkinn hatte er unlängst auf einem Foto im Internet gesehen.

»Das ist der Mann, den ich schon eine ganze Weile im Visier habe. Warten Sie hier«, sagte Eyn und verschwand hinter ein paar Felsen. Yannis duckte sich hinter einen Busch und beobachtete Doyle, der mit gutgelaunter Miene seine ganze Aufmerksamkeit auf das Einsammeln von Ästen richtete. Yannis war nervös. Einer der größten Schriftsteller Englands hatte genau wie er selbst den Weg an diesen zeitlosen Ort gefunden und stand ein paar Meter von ihm entfernt. Und er hatte etwas mit Lios Verschwinden zu tun.

Dann hielt Doyle plötzlich mitten in der Bewegung inne. Doch bevor er reagieren konnte, tauchte direkt neben ihm ein riesiger Schatten aus dem Gestrüpp. Doyle wurde blass.

»Kommen Sie doch zu uns herüber und leisten uns ein wenig Gesellschaft«, rief Eyn Yannis zu, und als er sich hinter dem Busch erhob und auf die beiden zuging, warf Doyle ihm einen kurzen, unsicheren Blick zu und starrte dann wieder mit großen Augen Eyn an.

»Darf ich bekannt machen?«, sagte Eyn. »Der große Arthur Conan Doyle. Dies hier ist Yannis, und ich denke, er wartet auf ein paar Erklärungen.«

Doyle begann zu schwitzen. Er wich einen Schritt zurück und prallte mit dem Rücken gegen den Stamm einer Pinie.

»Wovon sprechen Sie?«, fragte er mit der brüchigen Stimme eines Mannes, der genau wusste, wovon die Rede war.

»Wie Sie wollen. Ich helfe Ihnen gerne auf die Sprünge«, knurrte Eyn und starrte Doyle finster an. »Es hat mit Fletcher zu tun.«

»Fletcher?«

»Ihr toter Freund, wissen Sie noch? Es ist schon eine ganze Weile her –«

»Natürlich erinnere ich mich. Er ist 1907 an Typhus gestorben.«

Eyn zog seine Augenbrauen zusammen und machte einen Schritt auf Doyle zu, der sich mit dem Rücken gegen den Baumstamm stemmte, als könnte er ihn zur Seite drücken und all seine Schandtaten gleich mit. Yannis las Panik in Doyles Gesicht.

»Es ist okay«, flüsterte Eyn bedrohlich. »Sie müssen es nicht freiwillig erzählen. Ich kenne die Wahrheit bereits, und wenn Sie sie diesem Mann hier neben mir nicht erklären wollen, finde ich ganz sicher ein paar unkonventionelle Wege, Sie dazu zu animieren.«

Doyles tänzelnder Blick glitt für den Bruchteil einer Sekunde über die Leier, die hinter Eyns Rücken hervorlugte. Dann senkte er den Kopf und betrachtete den Boden zu seinen Füßen. »Es war an einem Abend irgendwann im Sommer 1901. Fletcher und ich hatten in Norfolk in einem Pub gesessen, Bier getrunken und uns über Belletristik unterhalten. Er war Feuer und Flamme für eine Romanidee, die er möglichst schnell verwirklichen wollte. Als Grundlage diente ihm eine alte Legende aus seiner Heimat Dartmoor. Dabei ging es um einen riesigen, unheimlichen Hund, der sich dort im Moor herumtreibt und auf die Mitglieder einer Familie gehetzt wird. Eine brillante Grundlage für einen Schauerroman.«

Doyle hob den Kopf und blickte Yannis an. »Sie müssen sich in meine Lage versetzen. Da erzählte mir ein Mann, den ich gerade kennengelernt hatte, die perfekte Vorlage für ein erfolgreiches Buch. Ich dachte ein wenig darüber nach und kam zu dem Schluss, dass man in eine solch geheimnisvolle Geschichte einen Detektiv einbauen müsste, der sich daranmacht, das Rätsel um den blutrünstigen Hund zu lösen. Und ich hatte kurz davor meine eigene Romanfigur, Sherlock Holmes, sterben und die Romanreihe auslaufen lassen.« Doyle zuckte mit den Schultern. »Was lag also näher, als meinen Meisterdetektiv wiederauferstehen zu lassen und aus der Dartmoor-Geschichte einen Sherlock-Holmes-Roman zu machen. Sicher kennen Sie ihn.«

»*Der Hund von Baskerville*«, flüsterte Yannis. Es war einer der berühmtesten Holmes-Romane, und natürlich hatte er ihn gelesen.

»Eine gruselige Legende und ein bekannter Detektiv! Das versprach eine außergewöhnliche Mischung zu werden«, fuhr Doyle stockend fort. »Und ich sollte recht behalten. Fletcher und ich sind nach Dartmoor gereist und haben uns dort umgesehen und ein wenig recherchiert. Kurz darauf erschien die Geschichte zunächst in einer Zeitschrift und dann als Buch. Sherlock Holmes war wieder da und erfolgreicher denn je.«

»Nur dass es nicht *Ihre* Geschichte war«, flüsterte Eyn. »Sie hatten Fletcher Robinson versprochen, ihn als Mitautor einzubinden. Doch nachdem Sie alle seine Ideen gehört und Sie sich schließlich entschieden hatten, daraus einen Holmes-Roman zu machen, haben Sie ihn einfach fallen lassen und das Buch alleine und nur unter Ihrem eigenen Namen veröffentlicht.«

Doyle nickte kaum merklich und starrte seine Füße an. Sein Gesicht war nach wie vor leichenblass. Offenbar war die Geschichte noch nicht zu Ende erzählt.

Eyn sah Doyle weiter mit eisigem Blick direkt in die Augen. »Nun«, sagte er dann leise, »ich würde anregen, dass Sie Yannis auch noch den Rest verraten. Ich finde, jetzt wird es erst so richtig gruselig.«

Die Spitzen von Doyles Schnurrbart begannen zu zittern. Kleine Schweißperlen rannen über seine Stirn. »Das – ist nicht so einfach«, keuchte er.

»Ich bin sicher, ein großer Erzähler, wie Sie einer sind, wird keine Schwierigkeiten haben, sich zu artikulieren«, sagte Eyn.

»Fletcher – er gab keine Ruhe. Das Buch wurde ein großer Erfolg, und natürlich war Fletcher stinksauer. Er lebte sein bescheidenes Leben mit seiner Frau Gladys, und ich wurde von der Königin zum Sir ernannt. Er setzte mich immer mehr unter Druck. Ich wusste nicht, was ich tun sollte. Wenn er mit der Wahrheit an die Öffentlichkeit gegangen wäre – ein geadelter Schriftsteller, der die Geschichte eines anderen gestohlen hat! Sie können sich denken, dass das mein Ruin gewesen wäre.«

»Ja, das kann ich mir denken. Aber Sie haben ja einen Ausweg für dieses Problem gefunden.«

»Laudanum. Das ist ein Opiumpräparat«, flüsterte Doyle. »Fletcher starb durch ein Medikament, das bei vielen Schriftstellern sehr beliebt war, weil es, in kleinen Mengen eingenommen, die Kreativität anregt. Ich bin Arzt. Warum sollte ich Fletcher erstechen, wenn ich jahrelang Gifte und ihre Wirkung studiert habe?«

Eyn schwieg ein paar Sekunden. Offensichtlich machte eine solche Logik selbst ihn fassungslos. »Und Fletchers Frau, mit der Sie ein Verhältnis hatten, hat Ihnen dabei geholfen«, sagte er schließlich. Doyle nickte wieder.

»Ein anderes Problem haben Sie zunächst allerdings nicht bedacht«, fuhr Eyn fort, und das Zittern in Doyles Schnurrbart verstärkte sich.

»Ja«, sagte er. »Sie meinen sicher Lio.«

Am Parnass

Das Blau des Himmels begann sich orange zu färben. Der Tag, auch nicht mehr als eine Kurzgeschichte in einer gigantischen Anthologie namens Zeit, bereitete sich auf sein Ende vor. Der Abend war die Stunde, in der die Nacht Anlauf nahm und Geschichten entweder innehielten oder erst richtig in Gang kamen.

»Erzählen Sie, wie Sie Lio gefunden haben«, sagte Eyn.

»Es waren diese Fotos. Zwei Mädchen hatten ein paar Feen aus einem Märchenbuch abgemalt, ausgeschnitten, in die Natur gesetzt und fotografiert. Ich habe das Buch, das sie als Vorlage benutzt haben, entdeckt und eine solche Fee selber von der Seite abgepaust, auf meinen Schreibtisch gesetzt und fotografiert. Es sah fast echt aus. Plötzlich stand eine Märchenfigur mitten in meinem Leben.«

Yannis griff in seine Jackentasche. »Sie meinen diese hier?«, fragte er und hielt Doyle die Fee aus Seidenpapier unter die Nase.

»Das ist sie. Wo haben Sie sie her?«

»Sie lag in Lios Laden auf dem Fußboden.«

»Oh. Dann muss ich sie dort verloren haben –«

»– als sie Lio verschleppten«, unterbrach Eyn ihn grob. »Erzählen Sie, wie Sie zu ihr gelangen konnten!«

»Das wollte ich gerade tun. Diese Feenfotos haben mich auf die Idee gebracht. Die beiden Mädchen haben die Realität um ein Märchen erweitert, um eine Geschichte. Da fiel es mir wie Schuppen von den Augen! Das war der Schlüssel zu Lio. Ich musste in meine eigene Welt die der Geschichten hineinschwappen lassen, denn da ist Lio schließlich zu Hause. Genau genommen: in der Welt der Götter und der Töchter des Zeus. Und wo sich der Schauplatz ihrer Erzählungen befindet, kann man in jedem anständigen Geschichtsbuch nachlesen.«

»Wieder einmal haben Sie nicht Ihre eigene Fantasie benutzt«, fuhr Eyn ihn an.

»Griechische Mythologie«, flüsterte Doyle mit zitternder Stimme. »Die Kastalische Quelle! Seit Anbeginn der Zeit ist sie die Heimstätte der Töchter des Zeus. Und schon in der Antike verlieh ihr Wasser den Schriftstellern dichterische Fähigkeiten, und ihr Plätschern, hieß es, sollte inspirierend auf Poeten wirken. Kann es als Zugang zu Lio eine bessere Geschichte geben?«

»Eyn«, unterbrach Yannis das Gespräch. »Wer ist Lio?«

»Das ist eine berechtigte Frage. Und ich habe noch eine weitere: *Wo* ist sie?«

Hinter der Holztür, die vermutlich eine umsichtige Behörde angebracht hatte, um übermütige Touristen vor sich selbst zu schützen, führte ein schmaler Pfad steil bergab unter die Erde. Einst hatten hier Archäologen nach Überresten des antiken Delphi gegraben. Am Eingang hatte ein Vorhängeschloss auf dem Boden gelegen, das Doyle herausgebrochen hatte, um sein eigenes anzubringen.

Yannis schritt voran und trug an einem Henkelgriff eine Taschenlampe von Doyle. Hinter ihm trieb Eyn den alten Schriftsteller durch den Gang. Mit jedem Schritt gerieten sie tiefer unter die Erde, und mit jeder neuen Gesteinsschicht betraten sie ein neues Kapitel der Evolution. Vielleicht, dachte Yannis, bestand der ganze Erdball aus ineinandergestülpten Geschichten, so wie bei dem Zauberer, der aus seinem Zylinder zunächst einen weiteren Zylinder hervorzog und daraus erst das weiße Kaninchen. Dann würden sie womöglich gerade zum Kern aller Geschichten vordringen.

Nachdem sie eine ganze Weile bergab gestiegen waren, beleuchtete die Taschenlampe eine Höhle, deren Decke grob mit Holzbalken gestützt wurde. Eine rostige Spitzhacke lehnte an der Wand, und auf dem Boden standen die Reste einer alten Holzkiste. Weiter hinten, auf einer rostigen Pritsche, lag Lio. Doyle hatte ihre Hände gefesselt und sie außerdem am Fuß mit einer Eisenkette an der Wand festgebunden. Als das Licht der Taschenlampe die Dunkelheit vertrieb, blinzelte sie kurz. Dann sah sie Yannis an.

»Schön, dass du hergekommen bist«, sagte sie und schmunzelte. Er lächelte zurück und trat auf sie zu.

»Den Schlüssel, wenn ich bitten darf«, hörte er hinter sich Eyn sagen. »Besten Dank. Und nun setzen Sie sich dort auf den Boden, damit ich Sie im Blick habe.« Eyn drückte Yannis einen Schlüssel in die Hand. Er passte in das kleine Schloss an der Eisenkette um Lios Fuß. Yannis entknotete den Strick um ihre Hände.

Sie setzte sich mühelos auf, strich sich eine Haarsträhne aus dem Gesicht und klemmte sie hinters Ohr. Ihr Gesicht war klar und freundlich und frei von Angst und Sorgen, gerade so, als sei überhaupt nichts geschehen und die Aussicht, in der Dunkelheit einer Höhle zu vermodern, nicht weiter beunruhigend gewesen. Vielleicht hatte sie ihn auch dieses Mal bereits erwartet.

»Geht es dir gut?«, fragte Eyn, und Lio nickte.

»Lio«, sagte Yannis und schüttelte hilflos den Kopf. »Bitte sag mir, was hier vorgeht. Wer bist du?«

»Es ist meine Aufgabe, andere zu beflügeln, Geschichten zu erfinden und aufzuschreiben. Wenn es mich nicht gäbe, würde es auch keine Bücher geben. Und ohne sie wären die Menschen verloren, denn wie sollten sie noch an das Wunder der Liebe, an die Kraft der Religionen oder an die Macht der Träume glauben, wenn es keine Geschichten mehr gäbe, die ihnen den Zugang dazu ermöglichen?«

»Du bist eine Muse, nicht wahr?«

»Kalliope«, nickte Lio und lächelte.

»Aber du bist eine Allegorie!«

Sie zuckte mit den Schultern. »Und? Wer sagt, dass eine Allegorie keinen Körper haben darf? Genau genommen zeichnen sich doch viele Sinnbilder eben dadurch aus: Justitia, Väterchen Frost, Amor –«

Yannis wusste nicht, was er darauf erwidern sollte.

»Siehst du«, sagte Lio und zwinkerte ihm zu. »Die Menschen wenden sich an mich, um sich von mir inspirieren zu lassen. Sie rufen nach mir, wenn sie den Drang verspüren, eine Geschichte in die Welt zu setzen. So wie du.«

»Ich?«

»Erinnerst du dich nicht? Du hast den Weg zu mir gefunden, als du davon geträumt hast, selbst einmal eine Geschichte zu gestalten. Du bist in meinem Laden gelandet, als du den Wunsch verspürt hast, neue Wege zu gehen. Und vielleicht dein eigenes Leben um die eine oder andere märchenhafte Geschichte zu bereichern.

Denn schließlich ist ja auch das eigene Leben wie ein Buch, und wer mag, kann den Verlauf dieser ganz besonderen Geschichte selbst in die Hand nehmen.«

»Da war ein Mann namens Tolstoi in deinem Laden –«

»Ich vermute, dass seine Geschichte ins Stocken geraten ist, seit ich in dieser Höhle liege?«

»Ich glaube ja.«

»Wir brauchen eine inspirierende Kraft, für Geschichten wie für das Leben. Manchmal, wenn eine wichtige Figur fehlt oder eine andere Triebfeder, geht's nicht weiter.« Sie zwinkerte lächelnd. »Aber wenn ich zurück bin, wird er vielleicht umso mehr Mut und Tatkraft an den Tag legen, um Anna zur Hauptperson seiner Geschichte zu machen.«

»Mir ist aufgefallen, dass viele Frauengestalten der Literatur sich sehr ähneln. Ich hatte die Fantasie, dass sie vielleicht in deinem Laden zwischen den Büchern herumwandern und sich austauschen würden.«

»Eine hübsche Idee, das solltest du unbedingt in einem Buch verarbeiten«, sagte Lio und nickte anerkennend. »Ich fürchte, in Wahrheit ist es meine Schuld, dass die Frauen in vielen Romanen sich so ähneln. Denn sie haben sich nicht gegenseitig beeinflusst, sondern ihre Schöpfer, die Schriftsteller, haben sich schlichtweg von derselben Frau inspirieren lassen.«

»Von dir!«

»Aber ich bin nur ein Sinnbild; wer sich in eine Muse verliebt, verliebt sich natürlich nicht in eine Frau. Wir haben ja über einen Buchanfang gesprochen: ›Ausgerechnet im Buchladen fing er Feuer.‹ Wer meinen Laden betritt, verliebt sich ins Bücherschreiben.«

Yannis drehte sich wieder zu Eyn um. »Sieht aus, als seien Sie wirklich nicht der eifersüchtige Liebhaber, für den ich Sie anfangs gehalten habe.«

»Kaum«, sagte Eyn. »Sie ist meine Mutter.«

»Ihre Mutter? Wer sind Sie?«

»Mein richtiger Name ist Orpheus.«

»Eine Sagenfigur?«

»Das stimmt. Und darum brauchen Lio und ich Menschen, die an uns glauben. Damit wir wirken können. Damit Lio Menschen zu ihrer Geschichte verhelfen kann. Und damit ich ein Auge auf jene habe, die anderen ihre Geschichte wegnehmen.«

Doyle hob den Kopf und starrte Eyn an.

Lio legte ihre Hand auf Yannis' Schulter. Als er sie wieder anblickte, deutete sie mit dem Kopf auf den Gang, aus dem er mit Eyn und Doyle gekommen war. »Lass uns nach oben gehen«, sagte sie, stand auf und griff nach seiner Hand. »Da ist noch etwas, das wir tun müssen.«

Yannis nickte. Er wusste, was nun kommen würde.

»Bist du so weit?«, fragte Lio.

Yannis nickte. Er war so weit, seit er auf die Welt gekommen war. Vermutlich hatte sein ganzes bisheriges Leben und alles, was darin geschehen war, auf diesen ganz besonderen Moment hingewirkt. Er würde nichts verändern und doch alles.

»Du zitterst«, flüsterte Lio. »Hast du Angst?«

»Ein wenig«, sagte er leise.

»Das macht nichts, irgendwie gehört es dazu.«

»In Ordnung.« Das Zittern nahm ab.

»Du musst nichts weiter tun. Außer es zuzulassen.«

»Das schaffe ich.«

»Ja, ich weiß«, sagte sie.

Er nickte und blickte sie erwartungsvoll an. Im Licht der untergehenden Sonne stand Lio direkt vor ihm, und ihre Augen gingen eine tiefe Verbindung mit seiner Seele ein, während ihre Finger sanft seine Hände umschlossen. Er war glücklich, sie gefunden und sich auf sie eingelassen zu haben. Der Zauber, der sie bei ihrer ersten Begegnung in ihrem Laden umgeben hatte, hatte nichts von seiner Kraft eingebüßt. Vielleicht hatte er sich sogar verstärkt, denn immerhin wusste er nun, dass sie die Tochter des Zeus und der Mutter der neun Musen, Mnemosyne, war. Ihre Großmutter war Gaia, die Göttinnengestalt der Erde selbst, die Urzeugerin allen Seins.

Tief aus der Höhle drangen kaum hörbar die Töne von Eyns Leier, aber diesmal waren sie nicht für Yannis bestimmt. Neben ihm sprudelte das Wasser der Kastalischen Quelle aus einer unterirdischen, unwirklichen Welt heraus und erfüllte die Luft mit dem Geruch von Frische und Natürlichkeit. Lio rührte sich nicht, und doch schien sie sich ihm zu nähern. Er hatte sich unter die Erdoberfläche gewagt und sie entfesselt, und jetzt würde sie *seine* letzten Fesseln lösen. Ihre schwarzen Haare wehten leicht im Wind und schlängelten sich über die weiße Tunika. Lios Pupillen wurden zu zwei dunklen Seen, in denen er zu versinken begann. Sie lächelte.

Als er spürte, dass ihm schwindelig wurde, schloss er seine Augen.

Etwas geschah.

Der Bach zu seinen Füßen schien aus der Wirklichkeit abzubiegen, direkt in sein Inneres hinein. Er wunderte sich nicht. Kreativität war ein fließender Prozess. Ein feines Rinnsal begann ihn zu durchfluten und all sein Fühlen und Wahrnehmen zu erfassen. Alles in ihm, was bisher leer und ohne Sinn gewesen schien, wurde nun erfüllt. Gestaltungskraft und Ideenreichtum, Fantasie und Passion schäumten in ihm zu einer gewaltigen Brandung auf. Grenzen verwischten, und mit einem Mal schien ihm alles möglich. Zeitreisen, in der Wirklichkeit lebende Märchenfiguren, sprechende Tiere, fliegende Teppiche, verzauberte Öllampen, magische Schwerter, Drachen, Meerjungfrauen und uferlose Liebe – warum nicht? Er war nicht sicher, ob er Lios Lippen an seinem Mund spürte, aber vermutlich war der Kuss der Muse ohnehin nur eine Metapher für die schwindelerregende Übertragung alles erfüllender Inspiration. Er spürte Zärtlichkeit und Sinnliches, hörte das Flüstern entlegener Baumwipfel, roch die kaum wahrnehmbaren Duftnuancen der schöpferischen Natur um sich herum und sah noch den entferntesten Stern vor seinen geschlossenen Augen aufblitzen. Unzählige Ideen schlugen in ihm ein wie kleine Kometen. Hunderte magische Geschichten kamen ihm in den Sinn, mit denen sich ganz weltliche Empfindungen zu großen, märchenhaften Gefühlen aufwerten ließen. Hinter jeder Tür erkannte er Tausende von Möglichkeiten.

Durch ein Feuerwerk aus Eindrücken, Erkenntnissen, Erlebnissen und Erfahrungen hindurch erblickte er es schließlich.

Er sah sich selbst, wie er es von Lios Lesepult nahm und verblüfft betrachtete. Es war ein kleines, unscheinbares Päckchen, das mit einer einfachen Schnur zusammengebunden war.

Küste von Athen

Yannis spürte den Sand unter seinen Füßen und das Leben in seiner Brust. Die Wellen schwappten an Land, als wollte das Meer den ganzen Kontinent durchdringen. Am Himmel flogen Möwen, die den Wind ankreischten. Ein großer Hund mit einem Stock im Maul lief an Yannis vorbei, ein Mann verfolgte ihn lachend. Kinder ließen einen Papierdrachen steigen, der wie ein Abgesandter des Irdischen hoch in der Luft schwebte und von dort mit zwei riesigen staunenden Augen die Welt aus einer anderen Perspektive zu beobachten schien. Aus der Ferne kamen ihm ein Mädchen und ein Junge entgegen. Sie liefen mit nackten Füßen im Wasser und lachten. Das Mädchen gestikulierte übermütig und wies auf die zwitschernden Fische, die über ihnen ihre Kreise zogen. Der Junge nickte aufgeregt, während er ihren Händen zuhörte. Er hatte sich die Hosenbeine hochgekrempelt und ging dicht neben ihr. Sie trug einen hellblauen Stoff, und als sie Yannis erkannte, winkte sie ihm zu.

In der Nähe der Dünen setzte er sich in den Sand. Die Sonne machte bereits Klimmzüge am Horizont und bekam einen roten Kopf davon. Der Strand würde sich bald leeren und still werden. Genau der richtige Moment, dachte Yannis. Eine Weile atmete er nur ein und aus und schaute dabei zu, wie das Mädchen und der Junge in der Ferne verschwanden. Dann griff er in seinen kleinen Seesack, den er bisher immer nur zum Bücherkaufen mitgenommen hatte, und zog ein kleines Päckchen daraus hervor. Behutsam legte er es auf seine Beine und blickte lächelnd auf den kleinen Anhänger mit der Aufschrift »Für Yannis«. Schließlich öffnete er die Schnur, zog sie ab und blätterte das Leinen auseinander. Wie er es erwartet hatte, steckte ein Buch darin. Der Buchdeckel war aus brüchigem Leder, in das märchenhafte Ornamente eingearbeitet waren. Er sah ein bisschen aus wie eine Tür.

Yannis ahnte bereits, was er in dem Buch finden würde. Vorsichtig klappte er es auf und blätterte darin. Die Seiten waren leer.

Fein, dachte er und zog einen Stift hervor. Dann beugte er sich über das Buch und schrieb den ersten Satz: »Im Jahr 1907 meinte das Schicksal es gut mit der Literatur.« Yannis hob den Blick und schaute aufs Meer hinaus. Er würde die Geschichte in England beginnen und vieles aus seinem eigenen Leben einfließen lassen.

Und vielleicht würde die Geschichte es ihm danken und ihrerseits in sein Leben einfließen.

Dritter Teil

Trinka

Athener Stadtpark

Die Strahlen der Spätnachmittagssonne stachen durch die Kronen der gewaltigen Pinien und tauchten den Park in ein verheißungsvolles Licht. Wie neugierige Finger tasteten die Lichtbündel sich bis zum Boden vor und warfen kleine leuchtende Kreise auf das Gras, als würde jeder einzelne Halm auf dieser gigantischen grünen Bühne eine Hauptrolle spielen, die einen Spot verdient hatte. In den Baumkronen verrieten die ersten Vogelstimmen, dass es bald Abend werden würde. Menschen spazierten durch den Park, und ein Stück den Weg zurück stand ein junges Mädchen mit einem nagelneuen Bauchladen. Als Yannis an ihr vorübergegangen war, hatte gerade eine Frau bei ihr gestanden und eine stattliche Menge Streichhölzer gekauft. Das Mädchen hatte ihn angelächelt und sich dann wieder ihrer Kundin zugewandt.

Yannis saß auf seiner Parkbank und beobachtete zufrieden ein schneeweißes Kaninchen, das über die Wiese sprang und übermütig ein paar Haken schlug. Es war an der Zeit gewesen, aus dem Zylinder den zweiten Zylinder zu ziehen und herauszufinden, welche Geschichte sich darin verbergen würde. Zeit, das größte und schönste aller Märchen in die Wirklichkeit zu holen.

Er musste nicht lange warten. Sie kam den Weg entlang direkt auf seine Bank zu. Ihre rotblonden Haare, die sie eben noch zu einem Pferdeschwanz zusammengebunden hatte, waren nun geöffnet und hingen ihr über die Schultern. In der Hand hielt sie Yannis' Geschenk aus der blumenkelchförmigen Teetasse: die Blüte der Rosenfee, einer besonders prächtigen Rosensorte mit dichten Blättern, weich wie Seidenpapier.

Offenbar taten ihr nach der vielen Kellnerei die Füße weh, denn sie trug ihre Schuhe in der anderen Hand und ging barfuß. Neben der Bank blieb sie stehen und stellte ihre Schuhe auf dem Boden ab. Sie duftete nach Kaffee.

»Bist du Yannis?«, fragte sie lächelnd, hielt ihm ihre schlanke Hand hin und deutete mit dem Kopf auf sein Erkennungszeichen, das Buch, das auf seinem Schoß lag.

»Ich bin Yannis«, antwortete er, und sie sagte etwas, das er nicht verstand, weil er nicht damit gerechnet hatte, dass sie ihm noch einen zweiten Satz schenken würde, und als er sie nur hilflos anstarrte, wiederholte sie mit einem scheuen Lächeln: »Meine Hand. Wenn du magst, behalte sie einfach.«

»Bitte, setz dich doch«, sagte er und hielt ihre Hand einfach in seiner, während sie neben ihm Platz nahm.

»Schön, dass du hergekommen bist«, sagte sie, als sei nicht sie, sondern er gerade angekommen. »Ich bin Trinka.« Ihre grünen Augen strahlten wie Seen aus Smaragden. Sie strich sich eine lockige Haarsträhne aus dem Gesicht und klemmte sie hinters Ohr, eine kokette Geste, die Yannis fast den Verstand raubte. Für einen Moment schloss sie die Augen, und als sie sie wieder öffnete, tat sie das mit der Langsamkeit eines Menschen, der noch nie in seinem Leben gehetzt worden war und es sich außerdem leisten konnte, die Augen eine Weile vor der Welt zu verschließen. Die Haut um ihre Augen offenbarte ein gelachtes Leben und einen Menschen, der sich wenig um die feinen Falten der Erkenntnis scherte.

»Was für ein Buch liest du da?«, fragte sie.

»Mein Leben«, sagte Yannis und lächelte. »Aber ich lese es nicht, ich schreibe es. Und gerade entfaltet sich eine märchenhafte Geschichte.«

Anmerkungen

Im September 2008 untersagte die Kirchenbehörde der Diözese Exeter im Südwesten Englands die Öffnung eines Grabes auf dem Friedhof der kleinen Gemeinde Ipplepen. Der Leichnam eines Mannes namens Bertram Fletcher Robinson durfte nicht exhumiert werden. Im Januar 1907 war der Freund von Sir Arthur Conan Doyle in einem Haus in London gestorben. Aber woran?

Typhus, sagt der offizielle Bericht. Gift, sagt der britische Autor und Hobbyforscher Rodger Garrick-Steele, der behauptet, dass Doyle den Stoff für seinen *Hund von Baskerville* Fletcher gestohlen und er diesen vergiftet habe, um seinen Diebstahl zu vertuschen. Dabei geholfen, so Garrick-Steele, habe ihm Robinsons Ehefrau Gladys, mit der Doyle ein Verhältnis gehabt habe. Die umfangreiche Indizienkette, die der Autor zusammengetragen hat, ist immerhin so schlüssig, dass sie insbesondere in Großbritannien über Jahre immer wieder für Aufsehen sorgte.

Doyle hatte seinen Meisterdetektiv bereits in einem Wasserfall zu Tode stürzen lassen und deshalb die Geschehnisse im *Hund von Baskerville* einfach zeitlich vor Holmes' Tod angesiedelt. Aber nach dem großen Erfolg des Romans folgte auf diese literarische Wiederbelebung auch die Wiederauferstehung der Figur Sherlock Holmes: In der Folgegeschichte *Das leere Haus* schildert Holmes, dass er in Wahrheit den Wasserfall nicht hinabgefallen, sondern heraufgeklettert sei und er durch sein Verschwinden seinen Tod vorgetäuscht habe, um sich der Verfolgung durch rachsüchtige Gegner zu entziehen.

Dass Robinson als Zulieferer oder Ideengeber für den *Hund von Baskerville* diente, wird in der Literaturwissenschaft kaum bestritten. Robinson selbst wertete seine Mitarbeit an dem Roman als »assistieren«. Doch die Theorie, dass Doyle zum Mörder wurde, um seinen Geschichtenklau zu verheimlichen, ist wohl eher nur eine Fantasie.

Keine Fantasie hingegen sind viele andere Anekdoten – wie die manipulierten Feenfotos, an die Doyle glaubte, oder sein Hang zum Spiritistischen. Edgar Allan Poe wurde wirklich eines Tages verwirrt und in seltsamer Kleidung in einer Gasse gefunden und rief, bevor er starb, immer wieder nach einem Reynolds – bis heute ist unklar, wen er damit gemeint hat. Tatsächlich war sein zu Lebzeiten bekanntestes Buch ein Schulbuch über Weichtiere, und tatsächlich hat er eigentlich nur das Vorwort dazu beigesteuert. Das schmälert in Wirklichkeit natürlich nicht seine Rolle, die er als großer Schriftsteller ebenso berechtigt einnimmt wie Cervantes oder Shakespeare.

Um den Tod von Shakespeares Zeitgenossen, den berühmten Schriftsteller Christopher Marlowe, ranken sich etliche Theorien. Eine besagt, dass er für die Queen geheimdienstlich tätig war und in ihrem Auftrag von einem gewissen Ingram Frizer zum Schein erstochen wurde, in Wahrheit aber von da an Werke verfasst hat, für die dann Shakespeare berühmt wurde. Für die Königin hat Marlowe wohl gearbeitet – wie weit er dabei in Geheimdienstliches verwickelt war, lässt sich nur vermuten. Frizer wurde schon kurz nach der Tat von der Königin begnadigt – viel Spielraum also für Verschwörungstheorien. Dass Cervantes von Korsaren entführt und jahrelang als Geisel gehalten wurde, ist hingegen ebenso unstrittig wie seine gescheiterten Ausbruchversuche. Das während seiner Gefangenschaft in Algier gestohlene Originalmanuskript von *Don Quijote* ist allerdings eine Fiktion. Eine traurige Wahrheit ist aber der *Hexenhammer*, eine Schrift, die zum Abartigsten gehört, was Schreiber je hervorgebracht haben. Émile Zola, von dessen Kampf gegen den Antisemitismus vor allem die erwähnte Schrift *J'accuse* (*Ich klage an*) im Rahmen der Dreyfus-Affäre Berühmtheit erlangte, wurde vermutlich tatsächlich von seinem Schornsteinfeger ermordet. 1902 starb er im Schlaf an einer Kohlenmonoxidvergiftung. 1928 gestand ein Mann namens Henri Buronfosse kurz vor seinem Tod einem Freund, Zola ermordet zu haben: Er hatte den Rauchabzug von Zolas Schlafzimmer mit einem Gipspfropf verstopft. Obwohl es an handfesten Beweisen mangelt, sprechen doch viele Indizien dafür, dass der Schornsteinfeger, der Mitglied mehrerer rechtsextremer und antisemitischer Vereinigungen war, Zolas Mörder ist.

Was Dichtung und was Wahrheit ist, lässt sich nicht nur bei manchem Schriftsteller heute kaum noch auseinanderhalten. Auch Figuren wie König Artus, der spanische Nationalheld El Cid oder der Mann mit der eisernen Maske (die in Wahrheit aus Stoff war) sind inzwischen so sehr eine Mischung aus realem Kern und literarischer Überspitzung, dass Fakt und Fiktion sich oft nur mühsam entwirren lassen – oder gar nicht mehr. Sie leben geradezu davon, dass ein Meer aus Geschichten über die Ufer getreten ist und den harten Boden der Realität aufgeweicht hat. Oft birgt diese Mythenbildung die Gefahr der Manipulation.

Aber Geschichten können auch noch etwas anderes. Sie können aus Vögeln zwitschernde Fische machen oder aus einer Wand, die den Weg zum Ziel versperrt, eine Tür, die uns ungeahnte Wege eröffnet, um das vermeintlich Unerreichbare doch noch zu erreichen. Geschichten sind das Gewürz der Wirklichkeit.

Quellennachweis: